伟大的思想

GREAT IDEAS

THE MYTH OF SISYPHUS

西西弗斯神话

［法］阿尔贝·加缪 著

张 清 刘凌飞 译

中国出版集团
中译出版社

图书在版编目（CIP）数据

西西弗斯神话 / (法) 阿尔贝 · 加缪
(Albert Camus) 著 ; 张清 , 刘凌飞译 . 一 北京 : 中译
出版社 , 2019.10（2020.1 重印）
（伟大的思想）
ISBN 978-7-5001-6041-0

Ⅰ . ①西… Ⅱ . ①阿… ②张… ③刘… Ⅲ . ①加缪 (
Camus, Albert 1913-1960) 一哲学思想一文集 Ⅳ .
① B565.59-53

中国版本图书馆 CIP 数据核字（2019）第 199627 号

（著作权合同登记：图字 01-2019-5424 号）

www.penguin.com
Le Mythe de Sisyphe first published 1942
This translation first published by Hamish Hamilton 1955
Published in Penguin Books 1975
This edition published 2005

西西弗斯神话

著　　者：(法) 阿尔贝 · 加缪
译　　者：张　清　刘凌飞
总 策 划：张高里
特约编辑：白　姗　赵　轩　　责任编辑：刘香玲　王　梦
版式设计：索　迪　　排　　版：志雅文化
印　　刷：北京顶佳世纪印刷有限公司
经　　销：新华书店

出版发行：中译出版社
地　　址：北京市西城区车公庄大街甲 4 号物华大厦六层　100044
电　　话：(010)68359376,68359827（发行部）68359719（编辑部）
传　　真：(010)68357870
电子邮箱：book@ctph.com.cn
网　　址：http://www.ctph.com.cn

开　　本：760mm×950mm　1/32　　印　　张：5.5　　字　　数：88 千字
版　　次：2019 年 10 月第 1 版　　印　　次：2020 年 1 月第 2 次
书　　号：ISBN 978-7-5001-6041-0　　定　　价：216.00 元（全 8 册）

中 译 出 版 社

“伟大的思想”中文版序

企鹅“伟大的思想”系列丛书自 2004 年开始陆续面世，在英国、美国和德国均有出版。在英国出版品种最多，已付梓八十种，尚有二十种计划出版。该丛书在全球众多读者间，尤其是学生当中，普及了哲学和政治学，销量已远超二百万册。中文版“伟大的思想”的推出，是该系列的又一延续和发展，令人欢欣鼓舞。

推出这套丛书旨在让读者再次与一些伟大的非小说类经典著作面对面地交流。长久以来，此类书籍的出版都建立在这样一个假设之上——此类著作供学生课堂学习之用，因此需辅以导读、详尽的注释及参考书目等。此类版本无疑十分有用，但我想，如果某一版本能够重建托马斯·潘恩的《常识》或约翰·罗斯金的《艺术与人生》初版时的环境，为读者与作者营造更为亲密无间的氛围，使读者除了原作者及其自身的思考外没有其他参照，也许会更有吸引力。

但是，这一做法亦存在严重缺陷：每位作者的表述难免有难解或不可解之处，一些重要的背景知识或许也有所缺失。例如，读者对亨利·梭罗创作时的情形毫无头绪，也不了解该书的反响及影响。不过，这样做的优点也显而易见，最为显著的便是作者的初衷又一次受到重视——托马斯·潘恩的愤怒、查尔斯·达尔文的灵光、塞内加的隐逸。他们给许多国家的众多读者带来的生活影响难以估量，有的影响甚至长达几个世纪，几乎没有什么比阅读这些作家更令人拍案叫绝的了。倘若没有亚当·斯密或阿图尔·叔本华，将无法想象我们今天的世界。这些小书创作年代久远，但其中的话语彻底改变了我们的政治学、经济学、精神世界、社会规划和宗教信仰。

“伟大的思想”系列一直求新求变，地域不同，收录的作家亦不同。一些作家在中国或美国更受欢迎，而英国版“伟大的思想”收录的一些作家在其他国家和地区则鲜有人知。称其为“伟大的思想”，我们亦是慎之又慎。这些思想之所以伟大，在于其影响深远，但这并不意味着这些思想都是“好”思想，实际上一些书或可列入“坏”思想之列。丛书中收录的很多作家受到同样收录于该丛书的其他作家的巨大影响，例如，马塞尔·普鲁斯特承认受约翰·罗斯金影响很大，米歇尔·德·蒙田也承认深受塞内加影响。但也有些作家彼此憎恶，若发现彼此都被收录于同一丛书，一定会深感苦恼。至于他们思想的或“好”或“坏”，读者可自行判明。我们衷心希望，您可以享受阅读这些著作的乐趣。

“伟大的思想”出版者

西蒙·温德尔

目录

译者导读

阿尔贝·加缪（Albert Camus，1913—1960），法国作家、记者、哲学家，出生于法属阿尔及利亚的蒙多维；幼年丧父，由做女佣的母亲抚养成人，通过半工半读取得哲学学士学位；曾加入法国共产党，后被驱逐出党。1960 年 1 月 4 日，加缪在法国桑斯附近遇车祸身亡。

作为记者，加缪曾在多家报社发表过文章。加缪曾创办剧团，写过剧本，也做过演员，主要剧本有《误会》（1944）、《戒严》（1948）和《正义》（1949）等。此外，加缪写了很多著名的小说，其成名作《局外人》（1942）成为荒诞小说的代表作，长篇小说《鼠疫》（1947）曾获法国批评奖。1957 年，加缪被授予诺贝尔文学奖。

加缪对哲学的首要贡献当属其关于荒谬的思想。他将荒谬视为我们对世界的“明晰性”和“意义”的欲望与无法满足这种欲望的状况相互作用的结果。他的思想集中表现于《西西弗斯神话》。1951 年加缪发表哲学论文《反抗者》，开始了与萨特等存在主义者长达一年的论战，直到与萨特决裂。人们这才发现，一直被看作存在主义者的加缪原来是荒诞哲学及文学的代表人物。

《西西弗斯神话》是加缪的一部哲学论文集，1942 年出版。加缪在书中阐释了自己的荒谬哲学，即人在面对一个没有上帝及永恒的真理或价值的世界时对意义、统一性及明晰性的无益探求。在书的一开始，加缪就提出了一个引人入胜的命题：“真正严肃的哲学问题只有一个，那就是自杀。”书中围绕这一问题对荒谬进行了详细阐述，并列举了几类荒谬的生活。最后一章对人们生活的荒谬性与反复推石头上山的西西弗斯的状况进行了比较。在书的最后，作者总结性地说：“迈向高处的挣扎足够填充一个人的心灵。人们应当想象西西弗斯是快乐的。”

《西西弗斯神话》出版时加缪二十九岁，而这不到三十年的人生历程对于加缪来说无疑是坎坷的：幼年丧父，在贫民区摸爬滚打地长大，在他人的资助与自己的努力下上了大学，又不幸染上肺结核，尝遍人间疾苦。艰辛的人生经历促使他不断进行命运的思索，探讨人生命题。和许多有责任感的学者一样，加缪关心时世，政治立场鲜明，是一位有态度的创作者。在第二次世界大战中，加缪在《阿尔及利亚报》任记者。反对绥靖政策的他因触犯当局而不得已回到法国。后又从《巴黎晚报》离开，迁居奥兰，也就是在那里他完成了本书的创作。

加缪曾在《笔记Ⅱ》(1945)中写道："为什么我是一个艺术家而不是哲学家？因为我是根据词而不是概念来思维的。"研读《西西弗斯神话》，读者能清楚地意识到这一点，对于译者而言体会则更深刻。文章字里行间传达的是至诚而实在的哲思，作者绝不会拿各种概念性的东西把读者引入虚幻的意境，有的只是诚恳的说理。正基于此，译者在传译的过程中不敢也不忍轻易舍一词一字，生怕断了作者的"思维"。因此，译文在保证思想流畅、表达准确的基础上，用心通过一字一词努力再现这位慎思的哲人诚挚的"思维"。

⤞ 一种荒谬的推理

以下章节所述是在这个时代随处可见的一种荒谬的细腻情感，而不是我们这个时代（严格地说）尚未知晓的一种荒谬哲学。因此本书在一开始就指出书中哪些内容得益于某些当代思想家，是完全合理的。我丝毫没有掩盖这一点的意思，所以你会发现本书自始至终一直在引用与评论这些内容。

但同时注意到这一点也是有益的，那就是迄今已成结论的荒谬在本书则被当作一个出发点。从这个意义上讲，或许可以说，我的论述中存在暂时性的东西：人们无法对其立场作出预判断。你只能在书中发现对一种纯粹的思维病态的描写。诸如形而上学或者信仰，片刻也没有出现过，这就是本书的局限与仅有的偏见。作此澄清是出于某些个人的经历。

荒谬与自杀

真正严肃的哲学问题只有一个，那就是自杀。

判断生活是否有价值，无异于回答最基本的哲学问题。其他一切问题——诸如世界是否有三个维度，思想有九个还是十二个范畴——都在其次。这些不过是游戏；人们首先要做的是回答问题。倘若真如尼采所称，哲学家为赢得尊重就必须以身作则，那么你就能体会到回答那一问题的重要性了，因为这一回答是先于实际行动的。这些都是可以为心灵所感知的事实，却也需要先仔细地研究才能明白无误地理解。

我自问如何判断此问题急迫于彼问题，答案是人们可以从问题所牵涉的行动入手。我从未见过谁是为本体论[1]问题而死的。伽利略曾坚持一条非常重要的科学真理，但当这条真理危及自己的生命时，他极为轻松地放弃了它。从某种意义上说，他确实

1. 本体论是探究世界的本原或基质的哲学理论。——编者注

抗争过。[1]为这一真理而走上火刑柱赴死是不值得的。从深层次而言，地球和太阳哪个围绕哪个转是无关紧要的。说实话，这是一个无用的问题。同时，我又看见很多人因为觉得生活毫无价值而死去。我还看见，有的人自相矛盾，为了那些赋予他们生存意义的想法或幻想而结束了生命（这一所谓的生存理由同样也是一个绝佳的死亡动机）。因而我得出结论：生活的意义是所有问题中最急迫的。那么如何回答这一问题呢？对于一切基本的问题（我指的是构成死亡威胁的问题，或是强化生活热情的问题），或许只有两种思考方式，一种是帕里斯[2]的方式，一种是堂·吉诃德[3]的方式。唯有在事实与抒情之间找到平衡，才能让我们同时保持激情与清醒。对于一个既如此卑微又如此富于情感的主题，人们可以发现，学术性的、经典的逻辑论证法必须让步于一种更加朴素的思想立场，这种立场既出自人的直觉判断，又来源于人的理解能力。

1. 此处是基于真理的相对价值的观点。而从男子气概的角度来看，对于此学者的软弱我们大可以付诸一笑。
2. 荷马史诗中的特洛伊王子，他骗走希腊斯巴达王墨涅拉奥斯的美貌妻子海伦，引发了特洛伊战争。——译者注
3. 西班牙作家塞万提斯所著小说《堂·吉诃德》中的主人公。——译者注

自杀从来都是被作为一种社会现象来研究的，而我们的研究恰恰相反，我们在一开始关注的就是个体思想与自杀之间的关系。这种行为正如一件伟大的艺术作品，在心灵的静默中孕育，行为者本身并没有意识到。某个晚上，他扣动了扳机，或是纵身一跃。我曾听说过一个公寓经理自杀的例子。五年前他失去了自己的女儿，打那时起整个人就变了很多，而这一变故“侵蚀”着他。用这个词来形容再准确不过了。开始思考也就开始了被侵蚀。社会与这种开始没什么必然联系，问题出在人们心里，那才是应该探究的地方。这一死亡游戏是从清醒地面对生活体验过渡到逃离光明，人们须追踪并且理解这种游戏。

自杀有很多理由，总的来说，最显而易见的并非最具有杀伤力。自杀很少是由反思引起的（但也不能排除）。什么引发了危机，几乎总无法证实。报纸常会说是“内心的悲恸”，或是“不治之症”。这些解释是说得过去的，但是人们应该弄清楚，出事那天是不是有个朋友用一种冷漠的语调和这个绝望的人说话。如果有，那么这个朋友就是有罪的。因为这足以触发仍在酝酿中的怨恨与烦恼。[1]

然而，如果难以确定思想上决定自杀的微妙步骤——那一准确时刻，那么从这一行为本身推知它带来的后果则要容易得多。从某种意义上说，如在情节剧中一样，自杀等于是自白，承认生活对你来说已无法承受，抑或你不理解生活，但是，我们也不要把这些类比扯得太远，还是要回到日常话语中来，那么承认的就只是“不值得这么费力”地生活。诚然，生活从来都不容易。你不断接收生存发出的指令，并以某种姿态回应，回应的原因有很多，其中首要原因就是习惯。自愿结束生命意味着你已意识到，甚至是本能地意识到这种习惯的荒谬性，意识到找不到任何深刻的理由去生活，发现每天的忙忙碌碌愚蠢至极，遭受痛苦亦无益处。

那不可估量的感情夺去了生活中必要的精神昏睡，那么这种感情究竟是什么呢？世界即使需要用糟糕的理由来阐释，对于人来说也是熟悉的。相反，世界如果突然间失去了幻想与光明，人就会觉得自己是陌生人，是外星人。这种被流放的感觉是无可救药的，因为他被剥夺了对失去家园的记忆和对应

---

1. 在此不应忘记本书的论述是有相对性的。实际上，自杀可能会与更高尚的事件有关。例如，在中国革命中所谓的持不同政见者的政治自杀。

许之乡的盼望。人与生活的这种分离，如同演员与舞台的分离一样，可以说正是荒谬感。如果那些有轻生念头的人都是健康人，那么无须多加解释人们就会发现，这种感情与对死的渴望之间有一种直接的关系。

本书的主旨就是表现荒谬与自杀之间的这种关系，揭示自杀究竟在何种程度上解决了荒谬这一问题。原则上可以肯定，对于一个诚实的人来说，对他信以为真的东西应当付诸行动。对存在的荒谬性的笃信必然要支配人的行为。人们可以理所当然地发出疑问——清楚明白而非故作哀伤地，如此重要的一条结论会不会要求人们尽快摆脱一种难以理解的环境呢。当然，我指的是想达到自身协调的人们。

表达得清楚一点，这一问题就显得既简单又不好解决。如果认为简单问题的答案也很简单，清晰明了带来的必是清晰明了，那就大错特错了。若先验地颠倒问题的各项，就如人是自杀还是不自杀的问题一样，只有两种哲理结果：是或不是，这就显得过于简单了，但是应当限制那些不停发问而不作定论的人。这里我只是稍作讽刺：这些人占了大多数。我还注意到，有些人嘴上说“不”，行为表现却好像他们想的是“是”。事实上，根据尼采[1]的标准，他们无论如何都会说：“是。”同时，那些自杀的人常常对生活的意义十分确信。这些矛盾屡见不鲜。甚至可以说，这些矛盾从来没有如此鲜明过，在这一点上，逻辑性变得十分可贵。把哲学理论与这些理论信仰者的行为加以比较，是再平常不过的了。必须指出，在拒绝赋予生活以意义的人中，除了文学作品中的人物基里洛夫[2]，传奇人物贝尔格里诺斯[3]和善于假说的朱尔斯·勒奎尔，没有一个人把否定逻辑推理发展到否定生活。叔本华[4]曾坐在一张华丽的桌子旁大赞自杀，他也因此常被拿来当笑柄。这没有什么可笑的。不把悲剧当回事没有那么可悲，但是却可以用来判断一个人。

面对这种矛盾与令人费解之事，我们还一定要得出结论说，一个人对生活的看法与他逃离生活的

---

1. 尼采（1844—1900），德国哲学家、诗人，唯意志论的主要代表，创立“权力意志说”和“超人哲学”。——译者注
2. 陀思妥耶夫斯基的小说《群魔》中的主人公。——译者注
3. 我曾听说有一个贝尔格里诺斯的效仿者，是个战后作家，他完成第一本书后就自杀了，为的是引起人们对其著作的关注。关注的确引来了，但是书还是没被看好。
4. 阿瑟·叔本华（1788—1860），德国哲学家，唯意志论的创始人，认为意志是人的生命的基础，也是整个世界的内在本性，著有《意志和表象的世界》《论自然界的意志》等。——译者注

做法之间没有关系吗？我们不要在这方面夸大其词。在一个人与自己生活的关系中，有些东西比全世界的苦难加起来都要强大。身体的判断与心理的判断不相上下，而身体面对毁灭时会畏缩不前。我们先养成生活的习惯，然后才养成思考的习惯。在每天都催人走向死亡的竞赛中，身体保持着绝对的领先优势。简言之，这种矛盾的本质在于我所说的逃避行为，因为按照帕斯卡的说法，它既低于又高于消遣行为。逃避是始终不变的游戏。典型的逃避——对死亡的躲闪，是本书的第三个主题，那就是希望。这是对自己“应得”的另一种生活的希望，或者说是对那些不是为生活本身，而为了某些伟大思想继续生活的人的欺骗，这种生活的伟大目标将超越生活，使生活得到升华，赋予生活以意义，然后背叛生活。

如此，一切事物都会造成混乱。人们至今还在玩弄词句并且假装相信，拒绝赋予生活以意义必然得出生活没有价值的结论，而这些努力并没有白费。事实上，在这两种判断之间没有必然的共同标准。人们要做的只是不要受先前指出的混乱、分离与前后不一的误导，必须将一切置之不理，直入实际问题。人们自杀是因为生活不值得过，这确实是一个真理——只是因为不言自明而显得没有意义。但是这种对生存的侵犯，这种让生活深陷其中的断然否定是由生活无意义这一事实造成的吗？生活的荒谬性要求人们借助希望或者自杀来逃离生活吗？——这正是在将其他一切置之不理时必须阐明、追问以及解释的东西。这种“荒谬”操控了死亡吗？在所有思想方法与一切不偏不倚的心理活动之外，必须优先考虑这一问题。“客观”的心理总是将意义的阴影、矛盾与心理学引入所有问题，但这些因素在这种探索与热情中不占有任何位置。需要的只是一个不公正的思想，换句话说就是逻辑思想。这并非易事。做事合乎逻辑常常很容易，但要坚持到痛苦的最后则几乎是不可能的。因此，自杀的人通常顺由自己的情感变化走到终点。对死亡的思考让我借机提出唯一令我感兴趣的问题：至死不变的逻辑是否存在？我无从知晓，只有借助证据进行探寻——这里我指出了这种推理的源头，在探寻中不能有感情的冲动。这就是我所称的荒谬的推理。许多人已经开始这一探索，不知他们是否还在坚持。

卡尔·雅斯培[1]指出，世界不可能形成一个整体，

1. 卡尔·雅斯培（1883—1969），二十世纪德国的存在哲学大师。——译者注

当他大声疾呼“这样的限制让我找到自己，于是我不能再拿自己正表达的一个客观观点做挡箭牌，于是不管是我自己还是他人的存在都不再是我的对象”时，他其实是在继很多人之后又提到了那些无水的沙漠，在那里思想已山穷水尽。继很多人之后，没错，但是他们曾经多少渴望走出沙漠啊！许多人，即使是一些最卑微的人，都到达了那最后的十字路口，而思想在那里犹豫不决了，然后他们便放弃了自己最宝贵的东西，他们的生命。其他人，那些精神上的贵族，同样放弃了，只是他们采取了思想的自杀这种最纯粹的反叛。其实，真正的努力应该是尽可能待在原地，仔细考查那些边远地区的奇花异草。在这场非人性的表演中，荒谬、希望与死亡展开了对话，而坚持与明智则是拥有特权的观众。思想于是可以先分析这支灵巧的入门舞蹈的舞者们，然后加以阐释并再亲自体验一次。

荒谬的墙

正如伟大的作品一样，深邃的感情总是静水流深。心灵中规律性的冲动与排斥也同样发生在习惯性的做与想中，并且在心灵本身并不知情的诸多后果中重新上演。伟大的感情拥有自己的宇宙，或宏伟壮观，或惨不忍睹。这些感情用自己的热情点亮一个专属于自己的世界，并在这个世界里找到适合自己的基调。有忌妒的宇宙、利欲的宇宙、自私的宇宙，也有慷慨大度的宇宙。一个宇宙，换句话说也就是一种形而上学、一种思想立场。适合于这种已然自立门派的感情的，甚至会更适合于那种情感，它们像为我们创造美好、由荒谬所激起的东西一样基本不可预料，含混而又明确，遥远而又“存在”。

在任何一个街角，荒谬的感情都可能正面直击任何一个人。实际上，赤裸裸的荒谬是让人费神的，它发出光亮，却不甚耀眼，难以捉摸，但这一难题又值得人思索。事实上，某个人可能永远都会不为人所知，在他身上有某种不能克服的东西我们无从发现，然而在现实情况中，我通过人们的行为和全部活动，以及他们的存在给生活带来的影响来认识和辨认他们。同样，那些不合理性的感情没有为分析创造任何落脚点，对于它们我能够在现实中加以定义与领悟，方法就是收集他们在思维领域的影响，把握并记录它们的所有面貌特征，描画属于它们的宇宙。可以肯定的是，即使一个演员我见过上百次，我也不会因此多了解他一点，但是如果我总结他所演绎的英雄人物，说我在列数他所演的第一百个角色后对他有了更深的了解，这听起来还像是真的。这一浅显的悖论也是一则寓言，其中寓有深义。它倡导人们用伪装，同样也用发自内心的冲动来定义自己。因此，有一种更为低调的感情，处于内心深处，难以接近，却又通过所暗示的行动，以及所表现的思想立场而部分地展现出来。我显然是在用这种方式定义一种方法，而同样明显的是这是一种分析方法，而非认知方法，因为方法就意味着形而上学；形而上学则会无意中揭示一些往往自称毫不知情的结论。与此相类似的是，一本书最后几页的内容已经包含在头几页中了。这样一种联系是不可避免的。这里定义的方法承认这种观点——不可能有全然真实的认识。只有表象可以被列举，基调可以被感知。

或许我们可以在各不相同却又紧密相联的智力世界、生活艺术世界，或单纯艺术世界超越那种难以捉摸的荒谬感情。荒谬性的思潮是在初始阶段，结尾是那荒谬的宇宙，还有那种思想态度，它用自己真实的色彩点亮这个世界，展示出那种态度在这荒谬的宇宙中所辨识出的无可改变的特殊面貌。

一切伟大的行动与一切伟大的思想都有一个荒

唐的开端。伟大的作品常常诞生于某个街角或某个餐厅的旋转门里，荒谬性也不例外。荒谬的世界更是从那种卑微的出身中孕育出了高贵。在某些情况下，一个人被问及他在想什么时，答道："没什么"，那他可能是在伪装。那些受人喜爱的人非常了解这一点。然而，如果回答是真心的，如果此回答表现了特异的心理状态，此时无声就是雄辩，日常活动的链条就被打破了，而心灵却搜寻不到能把它再联结起来的纽带，那么可以说这就是荒谬性发出的最早信号。

碰巧舞台背景塌了。起床、乘电车，在办公室或工厂待四个钟头，吃饭、乘电车，工作四个钟头、吃饭、睡觉，周一、周二、周三、周四、周五、周六，都遵循着同样的节奏——大部分时候沿着这条路走是很容易的。但是有一天，"为什么"出现了，所有沉闷乏味的事物都开始兴奋地叮当作响，于是"就开始了"——这是至关重要的。厌倦来自一种机械生活的结束，但同时，它也激发了意识的冲动。它唤醒了意识，并驱动着随后的事物，而随后便是逐渐恢复那根链条，或者说这就是彻底的觉醒。当完全觉醒后，结果也如期而至：自杀或者恢复。厌倦本身就有一些令人生厌的东西。在此，我必须给出我的结论：厌倦是件好事。因为万事始于意识，若不经过意识，任何事情都是无价值的。这些观点没有什么独创之处，而是显而易见的，足够对荒谬性的起源作一粗略回顾。正如海德格尔[1]所言，单纯的“忧虑”乃万事之发端。

同样，在平平淡淡的生活中，每天都是时间带着我们走，但是也总有我们必须带着时间走的时候。我们指望着未来过活：“明天”“以后”“在你走出自己的路之后”“等你到了一定年龄就懂了”。这些无关紧要的事非常好，因为这终究是关系到死亡的问题，然而有一天，一个人注意到，或是跟人说，他三十岁了，他是在肯定自己的年轻，同时他也把自己和时间联系起来，在时间中他占有一席之位。他承认自己站在曲线的某一点上，并意识到必须走到曲线的尽头。他属于时间，那恐惧牢牢钳制住他，他才认清了自己最糟糕的敌人。明天，他在期待明天，但是体内的每一个细胞都应该是拒绝明天的。这种肉体的反抗就是荒谬。[2]

---

1. 马丁·海德格尔（1889—1976），德国哲学家，在现象学、存在主义、解构主义、诠释学、后现代主义、政治理论、心理学及神学领域都有举足轻重的影响。——译者注
2. 这里所取并非荒谬的原意。这不是定义，而是对可能包含荒谬的诸多感情的一种罗列。并且，这种罗列有穷尽时，而荒谬却无法尽言。

降低一个层次，陌生感就会伺机而入：察觉到世界是“密实”的，感觉到一块石头在多大程度上对于我们是陌生而不可简化的，以及自然或某处风景能多么强烈地否定我们。在一切美的内心都有一些非人性的东西，那些山、那柔和的天空、那树木的轮廓在这一刻失去了我们拿来装点它们的虚幻的意义，从此它们变得比失乐园还要遥远。世界最初就有的敌意会穿越几千年的光景来反对我们。转瞬间，我们不再理解这个世界，因为几个世纪以来，我们明白的只是我们事先赋予而这个世界的形象与设计，而自此以后，我们不再拥有这项技能。世界变回它本来的样子，从而从我们手中逃离。那被习惯所掩盖的舞台布景又恢复了原来的面貌，后退至和我们保持一段距离。这就好像是在某段时间里，我们几个月前或几年前曾爱过的一个女人的面孔由熟悉变得陌生起来。我们甚至开始渴望那些突然让我们变得孤身一人的东西，只是这一时机尚未成熟。唯有一事：世界的那种密实与陌生就是荒谬。

人也会隐藏非人性的东西。在某些清醒时刻，其姿态中机械的一面——那种无意义的哑剧，让周围的所有事物都变得愚蠢。一个人正在玻璃隔墙后打电话；你听不到他，只能看到他令人费解的哑剧表演：你在想，这人怎么会存在。面对自己非人性特质时的不适，看到自己的形象时不可估量的落差，这种被当代某作家称作“恶心”[1]的东西，也是荒谬。同样，有时与我们在镜中相会的陌生人，我们在自己照片中发现的那熟悉却又让人恐慌的兄弟，也是荒谬。

最后我要说到死亡以及我们对死亡的态度。关于这一点已有详尽论述，我只要避免引人哀惋即可。每个人似乎都在无人“知晓”的情况下生活，人们永远都会对这一点感到惊讶，因为在现实中，人们没有死亡的经历。确切一点说，人们经历过的只是生活中遇到并意识到的东西。这里，探讨别人死亡经历的希望十分渺茫，那只是一种替代物，一种错觉，不会让我们十分信服。这种悲伤的经历是没有说服力的。恐惧实际上来自事件那精确的方面。如果时间让我们感到害怕，那是因为它确定了问题，解决办法随之而来。所有关于灵魂的精彩言论都会让其反面得到令人信服的证明，至少在一段时期内如此。灵魂从一巴掌留不下任何痕迹的无生气的躯体中消失了，这一不寻常经历中基础而又具有决定

1. 指萨特的小说《恶心》。——译者注

性的那一面即为荒谬感。在这种命运的死亡之光下，其无用性显而易见。在操纵我们处境的残酷的确定性面前，任何一种道德、任何一种努力都无法先验地证明自己的正确性。

我重申：所有这些已不止一次被谈到。我在这里只是想做一个快速的归类，并指出这些显而易见的主题。这些主题贯穿于所有文学与哲学中，日常谈话为之提供养分，它们的重塑没有问题，然而要想随后自问这一基本问题，就有必要对这些事实了然于胸。我还要重申：我对荒谬之发现的兴趣不及对荒谬之后果的兴趣深厚。假如人们确信这些事实，那么会得出什么结论？又要做到什么程度才会不逃避任何事情呢？人们是自愿死亡，还是凡事都抱着希望呢？在此有必要对智力的程度预先作一次同样快速的清理归类工作。

思想上要做的第一步就是明辨是非，然而，思想一旦开始自省，首先发现的就会是矛盾，这一点是不言自明的。几个世纪以来，关于这一问题的论述，没有人能比亚里士多德更简洁而明白："这些观点不攻自破，结果常常被人取笑。因为我们在肯定一切皆真实的同时也肯定了这种论点之反面的真实性，结果也就肯定了自己论题的谬误性（因为反面的论点不承认它是真实的）。而如果有人说一切皆谬误，这一论点本身就是错的。倘若我们宣称只有我们论点的反面是错误的，或者只有我们的论点不是错误的，我们则是被迫承认了无数真实或错误的判断。因为一个人在表达一种真实论点时宣称它是真实的，同时也承认了以此类推的无限论点。”

这一恶性循环只是系列中的第一环，在这一系列中，自省的思想迷失在令人晕眩的旋转中。正是这些悖论的简单性使它们变得不可克服。不论如何玩弄词藻，操纵逻辑，理解最重要的是一致。思想即使在最复杂详尽的过程中，其最强烈的欲望与人们在面对自己的宇宙时那种无意识的感情也是相似的。这是对熟悉事物的一种坚持，是对明晰性的一种渴望。对一个人来说，理解这个世界就是把它简化为人的状态，为之打上自己的印记。猫的宇宙不会是蚂蚁窝。“一切思想都是拟人化的”，这一不言而喻的真理没有其他含义。同样，旨在理解现实的思想只有把现实简化为思想领域的概念，才能得到满足。如果人们意识到宇宙同自己一样也可以有爱和遭遇，那么人们可能就会顺服了。倘若思想在闪亮的现象之镜中发现种种永恒的关系，既能把现象归纳为单一的原则，又能把它们自身归纳为单一的原则，那么此思想就可被看作一种思维上的愉悦，有福之人的神话不过是对这种愉悦的可笑模仿。那种对统一性的怀恋，那种对绝对性的渴望，阐明了这场人类大戏的基本冲动。这种怀恋的确存在，但并不意味着必须马上满足这种渴望。因为如果我们在分隔欲望与成功的鸿沟之上架起桥梁，我们就是肯定了巴门尼德[1]“一”（不论“一”为何物）的现实，我们就陷入了一种可笑的思想矛盾：这种思想肯定完全统一，并且用这种肯定证明自身的差异以及自称要解决的多样性。这另一个恶性循环足以扼杀我们的希望。

这些也是不言而喻的真理。我又要重申：它们本身没有什么有趣之处，有趣之处在于它们导致的结果。我知道还有一个自明之理，认为人终有一死。人们可以列数从这一真理推断出极端结论的种种思想。在我们幻想自己知道的与自己真正知道的之间，在实际赞成与假装无知之间，有着常见的差距。这种差距允许我们在生活中保有那种一旦真正投入试

1. 巴门尼德（公元前515—前450？），古希腊哲学家，爱利亚学派创始人，认为思想与存在是同一的、无生灭的、不动的、单一的，著有用诗体写成的哲学著作《论自然》，现仅存残篇。——译者注

验便会颠覆我们整个生活的想法。我们有必要将这种差距作为本书一个不变的参考点。面对思想中这一纠缠不清的矛盾，我们应该完全掌控把我们与自己的创造相分离的裂缝。只要思想在这静止的希望世界里保持沉默，万事都会反映并被安排在这被怀念的统一性中，但是一旦破静为动，这个世界就开始破裂、倒塌：给认识留下无数闪光的碎片。对于重塑这个熟悉而平静、能给我们带来心理安宁的表象，我们一定是不抱任何希望的。经过这么多个世纪的探寻，许许多多的思想家选择了放弃，我们非常清楚，我们所有的知识都是这样。除了专业的理性论[1]者，如今人们对真正的知识已感到绝望。假使要书写唯一有意义的人类思想史，那么写的肯定是这些思想产出后接连不断的悔恨史与这些思想的无能史。

对于何人、何物，我可以说："我知道！"我能感觉到我深藏的内心，我断定它是存在的。我能触摸到这个世界，我同样断定它是存在的。我所有的学识到此为止，余下要做的就是构建。因为如果我试图抓住真实可感的自我，如果我试图对之加以定

---

1. 理性主义承认，人的推理可以作为知识来源。一般认为随着笛卡尔的理论而产生。十七至十八世纪间主要在欧洲大陆上得以传播，本质上体现科学和民主，是启蒙运动的哲学基础。——编者注

义并总结，那么它就只能像水一样从我指间流走。我可以一个一个勾画出它能表现出来的所有面貌，以及那些同样归属于它的面貌，那种成长，那种源头，那种热情或那些沉默，那种高贵或那种邪恶。但是诸多面貌无法简单相加，这颗属于我的心对我而言永远都是不可定义的。在我对自身存在的确定性和我试图赋予这种确信的内容之间，存在着不可填充的沟壑，我对自己永远都是陌生的。如同在逻辑学中一样，在心理学中也是只有事实而没有真理。苏格拉底的“认识你自己”，同我们忏悔时的“守德”一样有价值。它们同时揭露了一种对过去的怀恋和一种无知，都是关于伟大主题的乏味游戏，这些游戏只有在严格的近似范围内才是可以被理解的。

树，我知道有嶙峋的表皮；水，我能品尝它的味道。那草木的清香与夜晚的星斗，那身心放松的晚上——我怎能否定这个世界？它的能量与力量我都可以感觉得到。然而世间的所有知识都不能向我保证说，这个世界是我的。你向我描述它，并教我给它分类。你列数它的规则，在我渴求知识时我承认这些规则都是对的。你拆分它的结构，于是我的希望增加了。最后，你教给我说这精彩纷呈、色彩斑斓的寰宇可以被还原为原子，原子又能被还原成电子。所有这一切都不错，我等着你继续说下去。可是你又告诉我有一个看不见的原子系统，电子在万有引力的作用下绕着一个核转动。你描绘了一个图像，为我解释这个世界。这时我发现你已被还原成了诗意：我永远也不会明白。我还有时间气愤吗？你已经改换了理论，于是本该教给我一切的科学以一个假设告终，那清醒的开创人以比喻收尾，那种不确定性成了一件艺术品。我还有什么必要作这么多努力呢？群山柔和的线条与夜晚之手对我那颗困扰之心的抚摸，教给我更多。我又回到了最初。我认识到即便通过科学我能掌握各种现象，并一一加以列举，我仍然不能领悟这个世界。当我用手指勾勒出世界的所有起伏后，我就不能再进一步了。而且你给了我一个二选一的题目，选项一是一个可以确定的描述，只是什么也没有教给我；选项二是一些假设，据称可以授予我知识，却都无法确定。我对于自身，对于这个世界都感到陌生，我有的只是在自我肯定后又迅速自我否定的思想。我只有不再去了解、不再去生活才能得到平静，对于征服的欲望遭遇了阻挡它进攻的墙，这是什么情况？有愿望就意味着要引出多个悖论。万事都以这种方式被安排，目的是形成由不经思考、不加用心与选择死亡产生的受荼毒的平静。

思智也以它的方式告诉我这个世界是荒谬的。其对立面——盲目的理性，很可能会宣称一切皆清晰。虽然我一直等待这一点被证明，并且期望它是正确的，但是多少自命不凡的年代后，我从那么多能言善辩之才的身上明白，这是错误的。至少在这一领域，如果我不知，就没有幸福。那一普遍的理性（现实的或是道德的）、那种宿命论、那些解释一切的范畴，足以贻笑大方。它们和精神毫不相干，否定了其将受到束缚的深刻真理，因而在这混沌不清的有限的宇宙中，人的命运承担了它的意义。大批不合理性涌现在他周围，直至他终老。人们业已恢复的洞察力如今变得审慎起来，于是荒谬的感情也变得清晰而明确。我说过这个世界是荒谬的，只是未免操之过急。只能说，这个世界本身是非理性的。而所谓荒谬，就是不合理性遭遇了对清晰性的极度渴望，这种渴望在人的内心回荡。荒谬同时取决于人和这个世界，它将两者捆绑在一起，正如只有仇恨才能把两物联结在一起一样。这是我在这个无限宇宙的探险之旅中能辨识出的所有。我们在此停顿一下。如果我承认这种决定我与生活之间关系的荒谬性，如果我在观赏这个世界的风景时充满惆怅与感伤，在追逐科学的过程中被迫变得头脑清晰，那么为了那些确定性我就必须牺牲一切，就必须正视它们以保持这种确定性。最重要的是，我必须使我的行为与之相适应，并且追踪其造成的所有影响。我指的是体面。但是在此之前我想知道思想能否在那些荒漠中生存。

我知道思想至少已进入了那些荒漠，在那里它找到了自己的面包，在那里它意识到之前一直是从幻象中汲取营养，证明了人类思考中最亟待解决的几个主题。

荒谬从它被承认的那一刻起，便成为一种强烈的感情，且是最折磨人的那种。不管人们能否和自己诸多强烈感情共处，能否接受这些感情的规则，这规则都可能烧毁他们同时在盛赞的心灵，这便是全部问题所在，但还不是我们马上要谈的问题。它属于这种经历的中心问题，还有时间再回到这一问题上。我们还是先来辨认一下那些源自荒漠的主题与冲动吧，列举这些因素便足够了，它们如今也已广为人知。过去，总会有人去捍卫非理性的权利。一种思想被冠以屈辱的标签，这种传统一直都有。对理性主义的批评不绝于耳，似乎也没有必要再发起一次。那些自相矛盾的体系力争绊倒理性，似乎理性真的一直遥遥领先，而这些体系的重建便是我们时代的标志。与其说这是理性效力的一个证明，不如说是其希望的强烈程度的一个证明。从历史角度看，两种立场的不变性阐明了人这种本质上的强烈感情被分裂，纠结在对统一的欲望和对包围自己的藩篱可能具有的清晰视觉之间。

然而，或许任何一个时代对理性的攻击都不及我们这个时代强烈。自从查拉图斯特拉[1]疾呼："偶然乃是世上最古老的贵族，我把它交还给万物，我把万物从受制于目的的奴隶状态中解放出来。"自从克尔凯郭尔[2]染上不治之症——"这种疾病导致死亡，而身后一片什么也没了"之后，荒谬思想的主题便接踵而至，意味深长又折磨人心。或者至少，本书的附文——有关不合理性与宗教思想的主题，显得至关重要。从雅斯贝尔斯[3]到海德格尔，从克尔恺郭尔

1. 语出尼采《查拉图斯特拉如是说》第三部中"日出之前"一节。超人将万物从理性的绝对精神控制下解放出来，让偶然重新成为主宰。——译者注

2. 索伦·克尔凯郭尔（1813—1855），丹麦宗教哲学心理学家、诗人，现代存在主义哲学的创始人，后现代主义的先驱。——译者注

3. 卡尔·西奥多·雅斯贝尔斯（1883—1969），德国存在主义哲学家、神学家、精神病学家。——译者注

到舍斯托夫[1]，从现象学家到舍勒[2]，在逻辑学与道德范围内，构成了一个由幻想作为联系的思想家族，尽管其方法与目的各异，但他们都固执地阻挡着理性的光明之路，而去探索直通真理的道路。我在此设定的是那些为人知晓且被体验过的思想，不论其过去或现在的目标是什么，它们都源自那个无法描绘的宇宙——这里矛盾、对立、痛苦与无能横行，其共性正是已揭示出的主题。必须说明，对这些思想来说，最重要的也是从那些发现中得出的诸多结论，其重要程度要求人们必须对其单独进行分析。目前我们只关心其发现，及其独创性的试验，只注意指出它们一致的地方。如果说对其哲学进行研究有些冒昧，但无论如何我们可以阐释一下其共同的思想倾向，这也就足够了。

海德格尔冷静地观察了人类的状态，并表示这种存在是耻辱的。在整个生存链条中，唯一的现实是“焦虑”。对于迷失在世界及其岔路上的人而言，这焦虑是一种飞逝而过的恐惧。可是如果这种恐惧变得自知，它就会变成痛苦，这是头脑清醒之人（“存

1. 列夫·舍斯托夫（1866—1938），俄国思想家、哲学家。——译者注
2. 马克斯·舍勒（1874—1928），德国哲学家和社会学家，哲学人类学的主要代表。——译者注

在集中表现在其身上”）永远的立场。这位哲学教授用世界上最抽象的语言坚定地写道：“人类存在的限定性与限制性特征比人类自身更原始。”他对康德[1]的兴趣仅限于认可其“纯粹理性”的限制性特征，他在分析的最后总结道：“世界无法再给予满怀痛苦的人任何东西。”这种焦虑在他看来，似乎比世界上所有的范畴都重要的多，以至于他的所想所谈都是关于它。他列举了焦虑的各个方面：当正常人企图平息他的焦虑时，他会感到厌烦；当思想在沉思死亡时，他感到害怕。海德格尔也没有将意识与荒谬分开。意识到死亡便是召唤了焦虑，“存在于是以意识为中介向自己发出了召唤”，这正是痛苦的声音，它恳请存在“从那无名的‘它们’中回归”。对他来说，人必须保持警觉，不到圆满结束不能睡去。他立于这个荒谬的世界中，指出它生命短暂的特性，在废墟中搜寻自己的路。

雅斯贝尔斯对任何本体论都感到绝望，因为他断言，我们已失去了“天真”。他明白我们没有办法超越显见的死亡游戏，他明白思想的终点就是失败。

1. 康德（1724—1804），德国哲学家、德国古典唯心主义哲学创始人，主张自在之物不可知，人类知识是有限度的，提出星云假说。——译者注他在历史所揭示的精神冒险上徘徊，并且毫不怜悯地揭露每个体系中的缺陷，揭露那包罗万象的幻觉，揭露那什么也不加掩藏的说教。在这个遭受毁坏的世界，知识的不可能性已得到证实，永远的虚无似乎是唯一的现实，无法补救的绝望似乎是唯一的立场，而雅斯贝尔斯企图在其中找到指向天机的“阿里阿德涅之线”[1]。

就舍斯托夫而言，他的全部作品都异常枯燥，向着同样的真理不懈努力。他不辞劳苦地论证，最严密的体系、最普遍的理性主义最终总是在人类思想的非理性上栽跟头。他没有放过任何一个贬低理性的讽刺性事实或荒唐可笑的矛盾。无论是在心理范围还是思想范围，让他感兴趣的只有一件事，那就是反抗。通过陀思妥耶夫斯基[2]关于有罪之人的体验，通过尼采精神险象环生的奇遇，通过哈姆雷特的诅咒或某个易卜生的恶毒贵族，舍斯托夫追踪、

---

1. 源于古希腊神话。阿里阿德涅是克里特岛上的公主，她为帮助心爱之人忒修斯杀掉迷宫中的米诺牛，解救雅典，交给他一只线团，引他破解了迷宫。这个线团称为阿里阿德涅之线，是忒修斯在迷宫中的生命之线。——译者注

2. 陀思妥耶夫斯基（1821—1881），俄国作家，其作品反映“小人物”的痛苦，人物异化心理刻画入微，主要作品有《白痴》《罪与罪》《卡拉马佐夫兄弟》等。——译者注

阐明，并且放大了人类对无可救药的反抗。他拒绝赋予理性以节期，只有在这黯然无色的荒漠中才带着某种决心开始了他的行程，在这荒漠里所有确定性都幻化成石头。

在所有人中，与荒谬联系最紧密的大概要数克尔恺郭尔了。至少在他活着的一部分时间内，他不仅发现了荒谬，而且体验了荒谬。“最难对付的沉默不是缄口不言而是大谈特谈”，他从一开始就确信，没有真理是绝对的，或者没有真理能使一个本身就没有可能性的存在变得让人满意。他是思智领域的唐璜[1]，拥有众多笔名与矛盾，写过《两个启发性谈话》和《诱惑者的日记》，后者是悲观的唯灵主义的教科书。他拒绝接受慰藉、道德规范、可靠的准则，至于他心里能感觉到的那根芒刺，则小心翼翼地不去减轻刺痛，反而去唤醒它，像饱经沧桑的人一样感到绝望中的快乐并甘之如饴。在这快乐中，他一点一点地建立起被魔鬼附身之人的范畴——清醒、拒绝、假装。那张面孔温柔地冷笑着，那些优雅的舞蹈旋转动作伴随着从心底发出的呐喊，这些都是与难以理解的现实相搏斗的荒谬精神。而给克尔恺

1. 西班牙传奇中的一个浪荡子，屡见于西方诗歌、戏剧中。——译者注

郭尔带来他所钟爱的丑闻的精神历险，同样开始于一种被剥夺了背景且跌至无逻辑的初始状态的混乱经历。

另一个方面，也就是在关于方法的问题上，胡塞尔[1]和现象学家们还原了世界的多样性，否定了理性至高无上的权力，由此精神宇宙丰富得不可估量。玫瑰花瓣、里程碑或人的手臂，同爱情、欲望或万有引力定律一样重要。思想不再追求统一，或者使外观在一种主法则的伪装下变得为人所熟悉。思考就是重新开始学习发现，学习聚精会神，学习关注意识；就是运用普鲁斯特[2]的方法，把每一种想法、每一种形象都变成一种特殊时刻。而为思想正名的是其极度清醒的意识。尽管胡塞尔前进的方式比克尔恺郭尔或舍斯托夫更积极，但在一开始，这种方式却否定理性的经典方法，消灭了希望，使直觉与心理感知到一种现象的激增，这种财富有种非人性的成分在里面。这些道路可能通往所有科学，也可能到达不了任何科学。这就等于说，在这种情况下，

1. 埃德蒙德·胡塞尔（1859—1938），德国哲学家，二十世纪现象学学派创始人。——译者注

2. 马赛尔·普鲁斯特（1871—1922），法国小说家，其创作强调生活的真实和人物的内心，以长篇小说《追忆逝水年华》闻名。——译者注

方法比结果更为重要。有关系的只是“一种理解的态度”，而不是一种慰藉。我再重复一遍：至少，开始时是这样。

我们怎能感觉不到这些思想的基本联系呢？怎能没发现他们处在一种特殊的痛苦时刻，此时没有希望的任何位置呢？我想听到一切都解释清楚，要么就什么都别解释。而理性即使听到内心的这一呼唤，也无能为力。被这种压迫唤醒的思想寻找着，却除了矛盾与荒唐念头之外一无所获，我不能理解的便是那荒唐念头。世界上尽是这种不理性的人。对于这世界的意义我丝毫不理解，而它本身就是非理性的。如果有人哪怕只说一次：“这是显而易见的”，就什么都省了。可是这些人争先恐后地宣称，什么都不清楚，一切都处在混乱之中，所有人都只保留了自己的洞察力，都只对包围自己的墙有着确切的认识。

所有这些体验都彼此协调，相互肯定。当思想到达自己的极限时，就必须作出判断，并得出结论，这时自杀与答案便出现了。但是我想颠倒一下查询的顺序，从思智的历险开始，然后回到日常活动中。这些忆起的体验都来自我们那不可遗忘的荒漠，至少有必要知道他们走了多远。人们努力至此，便和非理性正面交锋了，内心感到对幸福的期待和对理性的渴望。荒谬就产自人的需求与世界不合理的沉默之间的对抗，这一点不能遗忘，必须坚持下去，因为生活的整体结果便依赖于此。非理性因素、人的怀旧情绪，以及二者交汇产生的荒谬——这出戏剧的三个角色，必须以一种存在能达到的逻辑性收尾。

哲学性自杀

尽管如此，荒谬的感觉，不同于荒谬的概念。前者为后者奠定基础，仅此而已。荒谬的感觉并不限于这一概念，除了它对宇宙作判断的短暂时刻，而随后它有可能更进一步地发展。荒谬的情感是有生命的，换句话说，它要么死去，要么比以前声势更大。对于我们已汇集起来的主题而言，也是如此。但话又说回来了，我感兴趣的不是那些言论或者思想（对它们的批评需要换个形式和场合），而是发现它们结论的共同点。或许思想间如此巨大的差异前所未有，但我们将那些精神风景——思想的旅程——看作是同一的。同样，尽管知识领域不同，终止其旅行计划的呼唤却有着同样的振荡频率。显然，我们所回忆的这些思想具有共同的立场。说这种立场是致命的，差不多就是玩弄辞藻。在那样一种沉闷的天空下生活，人们被迫留下，要么就得逃离。重要的是弄清楚人们如何逃离，或者为何要留下。我就是这样确定自杀问题，以及对存在哲学结论的潜在兴趣的。

但首先我想从直达路径中绕出来。至此，我们已将荒谬与外界隔离。然而，人们还是可以对这一概念的清晰度产生疑问，并且通过直接分析发现其意义，以及它所包含的后果。

假如我指控一个清白之人犯了一项滔天大罪，假如我说一个品德高尚之人垂涎自己的姐妹，他会回答说这太荒谬了。他生气，是有些可笑，但也有其根本原因。那个有道德的人这样回答，说明我归到他身上的行为与他做人的原则之间存在着明确的对立。“这太荒谬了”，意思是说“这是不可能的”，但同样是说“这是有矛盾的”。假如我看到一个人仅仅手握一柄剑进攻一伙荷枪实弹的队伍，我会认为他的行为是荒谬的。然而得出这种结论只是因为，他的意图与他要面对的现实两者不相称，因为我注意到，他的实力与他要达到的目的之间存在矛盾。

同样，当我们将一项裁定与另一项明显符合事实的裁定相对照时，会发现该判决很荒谬。类似的还有，取得一种荒谬的论证，要将这种推理的结果与人们想要建立的合乎逻辑的现实加以比校。在所有这些例子中，从最简单的到最复杂的，荒谬的程度与对比的双方之间的差距有直接关系。有荒谬的婚姻、荒谬的挑战、荒谬的怨恨、荒谬的沉默，荒谬的战争，甚至是荒谬的和平协定。每一种荒谬都源自一种比较。因而我可以理直气壮地说，荒谬的感情并非产生于对一个事实或一个想法单纯的仔细检查，而是源自一个赤裸裸的事实与一种确定的现实之间的对比，或是一种行为与超越行为的世界之间的对比。荒谬从根本上讲是一种分离，它不属于相比较的任何一方，而是产生于双方交锋时。

因此，针对这种特殊情况，从思维的角度看，我可以说荒谬不在于人（如果这样一种比喻有意义的话），也不在于这个世界，而在于二者的同时呈现。现在来看，荒谬是联结它们的唯一纽带。假如我只想谈论事实，我就能知道人们想要什么，这个世界能为他们提供什么，现在我可以说我还知道什么将他们联结在一起。我不必挖掘得再深一点，对于一个探索者来说一种确定性就足够了，他只须从这种确定性中得出所有的结果。

最直接的结果也是一种方法规则。用这种方法揭露的怪诞的三位一体论当然不会是一种惊人发现，但它和体验的数据却是相似的，因为它极其简单，又极其复杂。从这一方面来说，它的首要区别特征就是不可分性。毁掉其中一部分，就毁掉了整体。人的思想之外再无荒谬，于是和所有其他事物一样，荒谬止于死亡。可是世界之外也不再有荒谬。正是在这样一种初级标准下，我判断，荒谬的概念必不可少，并认为它可以作为我所发现的第一个真理。上文提及的方法规则在这里出现了。如果我判断某事是真的，我就必须保护它。如果我试图解决某个问题，那种解决办法至少不能让问题中的某些成分消失。对我而言，孤立的唯一根据就是荒谬。在我的探询中，首要的、唯一的条件是保留那摧毁我的东西，进而尊重其中我认为必不可少的东西。我已将之定义为一种反抗，一种不止的斗争。

这种荒谬的逻辑贯穿始终，我必须承认这一斗争意味着希望的完全缺失（与绝望无关），一种不断的剔除（不可与放弃相混淆）和一种有意识的不满（须与不成熟的躁动相区别）。任何破坏、去除、操纵这些要求的东西（首先是消除分离的协调），都会推翻荒谬，并且使人们随后可能会提出的态度失去价值。荒谬只有在不被人们认可的时候才有意义。

有一个完全合乎道德规范的显见事实，那就是，人总会成为自己所求真理的猎物。他一旦承认了真理，就无法从这些真理中抽身而出，就必须付出代价。意识到这种荒谬的人会永远为之束缚，全无希望并且意识到这一点的人不再属于未来，这是理所应当的。同样理所应当的是，他会努力逃脱这个亲手创造的宇宙。上述一切就是因为这一悖论才有意义。有些人从批评理性主义入手，承认了这种产生荒谬的环境。从这一点上看，对他们详述其结果的方法进行仔细检查，是再有益不过的了。

仅从存在哲学的角度看，我发现这类哲学无一例外都提到了逃遁。在一个仅限于人的密闭的宇宙，它们从理性废墟上的荒谬出发，通过不同寻常的推理，将击溃自己的东西神圣化，并且寻找理由对使自己穷困的事物产生希望。这种被迫的希望对他们来说就是一种宗教信仰，值得引起关注。

这里我只以舍斯托夫和克尔凯郭尔青睐的几个主题为例作个分析。雅斯贝尔斯则会以讽刺画的形式，为我们提供一个典型例子来表现这种立场，其他问题将随之变得更加清楚。而后，他无力实现超验之物，无法探察经验的深度，感知到这个被失败搅乱的世界。他是否会前进，或至少从这次失败中总结出什么呢？他没有得出什么新的东西。在体验中，除了承认自己无能为力之外，他一无所获，也不知道从何处推论出什么让人满意的原理，但是正如他自己所说，他突然就不加证实地一下子肯定了超验之物、经验的本质，以及生活的超常意义。于是他写道："失败在任何可能的解释和说明之外揭露的不是超验之物的缺失，而是超验之物的存在，难道不是这样吗？"这种存在由于人们的盲目自信，突然就解释了一切，他将这种存在定义为"普通与特殊不可思议的联合"。于是荒谬成了神（从本词最广义的层面看），而这种理解上的无能成了阐明一切的存在。无法对这种推理进行有逻辑的准备，我可以把这叫作一种跨跃。而我们可以有悖常理地理解雅斯贝尔斯的主张，以及他为使超验之物的体验变得不可能而投入的无限耐心。因为这种近似越短暂，这种定义越空洞，这超验之物对他来说便越真实；因为他在肯定超验之物上投入的热情，和其解释能力与这个世界及经验的不合理性之间的差距，直接相关。因而似乎雅斯贝尔斯将理性的先入之见摧毁得越是彻底，他对这个世界的解释就越是激进。这位鼓吹耻辱思想的使徒会在受尽凌辱之后发现如何深入地实现重生。

玄妙的思想让我们熟悉这种手段，它们与所有思想立场一样合情合理。此刻我表现得好像是在认真对待某个问题。我没有事先判断这种立场的总体价值或其教育意义，我只想考虑它能否满足我自己设立的条件，是否值得我为之论战。某评论人引用了舍斯托夫的一段话，很有意思："真正的解决办法只有一个，"他说，"正是出现在人们的判断找不到解决方案之时。否则，我们要上帝有什么用呢？我们求助于上帝只是为了实现不可能，至于可能之事，人就可以办到了。"如果有一种舍斯托夫哲学，我可以说它完全是用这种方式总结出来的。因为在其饱含激情的分析最后，舍斯托夫发现了所有存在根本的荒谬性。他没有说"这是荒谬的"，而是说"这是上帝：我们必须依赖他，即使他不符合我们任何理性的范畴。"为了使他的思想不致引起混乱，这位俄国哲学家甚至暗示道，这个上帝或许仇恨满腹，惹人憎恶，难以捉摸，还矛盾丛生；但他的面孔越是丑陋，他就越坚持自己的权力。他的伟大之处正是他的前后不一，他的非人性便是证明。人们一定要跃入上帝怀中，用这一跃把自己从理性的幻影中解放出来。因而，对于舍斯托夫来说，接受荒谬与荒谬本身是同时进行的。意识到荒谬就相当于接受了荒谬，其思想所作的所有逻辑上的努力就是为了引出荒谬，这样荒谬中包含的巨大希望便会同时喷薄而出。我重申一次，这种立场是合情合理的，但我还是坚持只考虑一个问题及其所有后果。我不必检验一种思想的情感，或是一种信仰行为的情感，我有一辈子的时间去这么做。我知道舍斯托夫的立场惹怒了理性主义者，但我还是觉得正确的是舍斯托夫，而非理性主义者。我只想知道舍斯托夫是否还忠实于荒谬的信条。

如今，倘若承认荒谬的反面是希望，则可见舍斯托夫的存在思想是以荒谬为前提的，但只是为了消除它才去证明它。思想的这种奸计是巫师玩的情感小把戏。当舍斯托夫在别处又把他的荒谬与被普遍接受的道德和理性相对立时，他把这种荒谬叫作真理与救赎。因此从根本上说，荒谬这一定义包含着舍斯托夫对它的一种认可。倘若承认，这一概念的所有能量都在于它与我们的低级希望相对抗的方式上；倘若意识到，要保持荒谬就不能得到认可，那么显然，为了达到令人满意又难以置信的永恒，荒谬失掉了自己的本真、自己的人性和相对性特征。如果有一种荒谬，那么它必在人的宇宙中。这一概念从把自己转化为永远的跳板那一刻起，就和人的清醒不再有关联了。荒谬不再是人们无须认同便能确定的显见之物，于是就避免了斗争。人们将荒谬合并为一，并且在这种情况下，消除了荒谬必不可少的特性——对立、撕裂、分离。这一跃便是逃遁。舍斯托夫喜欢引用哈姆雷特的话“时间脱节了”，他是带着一种狂野的希望写下这句话的，这种希望似乎为他所独有，因为哈姆雷特说这句话，或是莎士比亚写这句话时，都没有那种感觉。对这种不合理性的沉醉，以及天生的狂热，使一个清醒的头脑远离荒谬。对于舍斯托夫来说，理性是无用的，但理性之外别有他物；对于一个荒谬的头脑来说，理性也是无用的，而且理性之外什么也没有。

这一跃至少可以在荒谬的本质问题上给我们多一些启发。我们知道荒谬只有在平衡中才有价值，它首先产生于比较过程中，而非被比较的各项。可舍斯托夫恰恰是把所有的重点都放在了被比较的一项上，破坏了平衡。只有在我们可以理解并解释诸多事情时，我们对理解的渴望、对绝对性的怀恋才能得到解释。绝对否定理性是无益的，理性在自己的秩序中是有效的。我们正是想通过人们的经验澄清一切，由此我们想要让所有事情经受考验，假如做不到这一点，假如在这种情况下产生了荒谬，那么它正产生于有效而有限的理性与不断复苏的非理性交会的时刻。当舍斯托夫抨击黑格尔的一条主张，诸如“太阳系遵循永恒的规律运转，而这些规律就是太阳系的理性”的时候，当他狂热地冲击斯宾诺莎[1]的理性主义的时候，他恰恰肯定了一切理性的虚伪。由这个结论出发，他便通过一个不合情理的自然反转，肯定了非理性的优先地位。[2]但这种转变并不明显。这里会插入限度和层面的概念。自然法则可能会在某个限度内有效，超过这一限度它们就会违背自我，产生荒谬。否则，它们会在描述层面上使自己合乎情理，而在解释层面上并不因此成真。在这里，为达到非理性，所有一切都被牺牲，而对明晰性的要求被消除后，荒谬便携对比中的一方消失了。同时，荒谬之人没有经历这种保持平衡的过程。他承认斗争与非理性，并未绝对轻视理性。这

1. 巴鲁克·斯宾诺莎（1632—1677），后改名为贝内迪特·斯宾诺莎（Benedictus Spinoza），荷兰哲学家，西方近代哲学史重要的欧陆理性主义者，与法国的笛卡尔和德国的莱布尼茨齐名。——译者注
2. 尤其有关特例的概念，是反对亚里士多德的。

样一来，他又在一瞥之间欣然接受了所有经历的细节，而不会在不知情的情况下轻易跨越。他只知道，在那样的敏锐的意识中已无希望的容身之所。

在里奥·舍斯托夫的思想中所能感知到的问题，或许在克尔凯郭尔的思想中更为突出。的确，要清楚概括这一难以捉摸之作家的言论，并非易事，但是，尽管其著作中存在明显的对立，排除种种化名、伎俩和玩笑，我们似乎可以从整部作品中预感到（同时也担忧）一种真理从其最后几部作品中最终迸发出来：克尔凯郭尔同样也纵身一跃。他的童年受到基督教的惊吓，最终他回到了这种宗教最严酷的一面。对他来说，矛盾与悖论也成了宗教标准。因而导致人们对生活的意义与深度感到绝望的东西，如今又赋予了生命以真实性与清晰性。基督教引起了公愤，克尔凯郭尔所需要的其实就是依格那丢·罗耀拉[1]所要求的第三牺牲，这一牺牲最讨上帝的欢心："智力的牺牲"。[2]这一"跃"产生了异乎寻常的效果，但

1. 依格那丢·罗耀拉（1491—1556），西班牙人，是罗马天主教耶稣会的创始人，也是圣人之一。他在罗马天主教内进行改革，以对抗由马丁·路德等人所领导的基督新教宗教改革。——译者注

2. 可能有人认为这里我忽略了本质问题——信仰问题。但我并不是在检验克尔凯郭尔的哲学，或者舍斯托夫的哲学，再或者后面谈到的胡塞尔的哲学（那将需要一个不同的场合与一个不同的思想立场）；我只

不应再让我们大吃一惊了。他在荒谬中确立了另一个世界的标准，但那只是这个世界的经验的残羹冷炙。“从失败中，”克尔凯郭尔说，“信徒找到了自己的胜利。”

我不必去考虑这种立场与什么鼓动人心的说教有关，我只须考虑荒谬的浩大声势以及它自己的特性能否证明自己的合理性。我明白，它做不到这一点。人们若再思索一下荒谬的内容，就更能理解启发克尔凯郭尔的那种方法了。在世界的非理性与荒谬反叛的怀旧情感之间，他没有保持住平衡，他也没有尊重构成（恰当地说是）荒谬感情的关联。当他明确自己无法从非理性中逃脱时，他至少想把自己从那令人绝望的怀旧情感中解救出来，这种情感对于他来说贫瘠而缺乏深意。可是如果在这一点上他的判断是对的，他不可能去否定自己。如果他用一种疯狂的信仰代替了对反抗的呼吁，他马上就会对曾启发自己的荒谬视而不见，而将他从此拥有的唯一确定性奉若神明，也就是非理性。加里亚尼神

（接上页）是从他们那里借来一个主题，并检验一下其结果是否适合于已确立的规则。这只是一个坚持问题。

父[1]对德毕内夫人[2]说过：重要的并不是被治愈，而是与小病共存。克尔凯郭尔想要被治愈，那是他狂热的愿望，在他的日记中这种愿望随处可见。他在思智上所作的全部努力就是逃离人类命运的矛盾。他在谈到自己时会断断续续地意识到它的虚伪，于是作出更加绝望的努力，好像对上帝的恐惧或虔诚都不能让他回复平静。因此，他用一个不自然的托词给了非理性荒谬的外表，给了上帝荒谬的特性：不公平、不合逻辑、不可理解。唯有他的智慧试图扼杀人心灵深处的欲求。既然没有任何东西得到证明，那么一切都可以得到证明。

事实上，克尔凯郭尔本人向我们展示了走过的路。这里我不想多谈什么。我们在他的著作中，怎能无视为平衡荒谬中的损伤而对灵魂所作的几乎故意的损伤呢？这也是《日记》的主旨。“我所缺少的是动物性，这动物性同样是人类命运的一部分……那么请给我一个身体。”他进而说：“哦！特别是在我青春萌动的时代，为了成为一个人，我什么代价没

1. 加里亚尼（1728—1787），意大利外交家、经济学家和作家。——译者注

2. 法国文化名流，常主持沙龙汇集知识分子，与卢梭、狄德罗和格里姆等名人交往甚密。——译者注

付出啊，即使只有六个月的时间……说到底，我欠缺的就是一个身体及存在的各种肉体条件。”还是这个人，在另一部著作里却发出了对希望的伟大呼喊，这希望经历过那么多个世纪，鼓舞了那么多的心灵（除了那荒谬之人的心灵）。“但是对基督徒而言，死亡绝对不是一切的终结，它包含的希望远远多于生活所赋予我们的，即使那生活充满健康活力。”由耻辱而来的和解仍旧是和解。可见，或许这允许人们从死亡——希望的反面——中获取希望。即使人们出于同情而倾向于这种立场，还是必须指出，过度是什么也证明不了的。正如人们所言，这个超过了人们的尺度；因此它必须是超人的。然而这种“因此”是多余的，这里没有合乎逻辑的确定性，也没有试验的可能性。我只能说，事实上，这个超过了我的尺度。如果我从中找不到一个否定性的推论，至少我不想从这不可思议中建立任何东西。我想知道，凭借我所知道的能否生活，以及能否仅凭它生活。人们又告诉我，思智在这里必须牺牲掉自己的骄傲，理性必须低下高贵的头颅。可是如果我意识到了理性的限度，我不会因此否定它，我已经意识到它的相对力量。我只想保持在这条中间道路上，思智在这里可以保持清晰。如果这就是它的骄傲，我没发现足够的理由去抛弃它。比如，再没有比克尔凯郭尔的观点更深刻的了，在他看来，绝望不是一个事实而是一种状态：罪孽的状态。因为罪孽远离上帝，而荒谬作为有意识之人的超自然状态，并不通往上帝。[1]或许为使这一概念更清楚，我可以斗胆使用这种惊世骇俗的说法：荒谬就是没有上帝的罪孽。

这是一个在荒谬状态下生活的问题。我知道它产生的基础，这种思想与这个世界相互拉扯，却无法彼此包容。我想知道这种生活状态的规则，而所提供给我的答案漏掉了它的基础，否定了这种痛苦的对立中之一方，想要让我放弃。我又问，我所发现的自我状态都包含什么；我知道的是，它包含费解与无知；于是我确定，这种无知可解释一切，这种黑暗是我的光明。可是这样的回答不能满足我的目的，那种让人心潮澎湃的抒情无法对我掩藏那种悖论。因此，人们必须要走开。克尔凯郭尔会大声疾呼："假如人们没有了永恒的意识，假如在一切事物的根源，只有一种野蛮而火热的力量主宰万物，在那黑暗激情的风暴中生发出或巨大或微小的东西，假如那无物可填充的无底的虚无正是万物之基，那么生活除

---

1. 我并不是说"排除上帝"，这么说仍等同于肯定。

了绝望还会是什么样呢？”这声呼喊不会阻止荒谬的人，寻找真实的东西不同于寻找期望的东西。如果为避免这一让人头疼的问题：“生活会是什么样？”，人们就得像驴子一样，从那虚幻的玫瑰中汲取营养，那么荒谬的思想更愿意接受无畏的克尔凯郭尔的回答——“绝望”，而不是屈从于谎言。万事考虑周全，一个坚定的灵魂什么都能应付得来。

在此我擅自把这种存在主义立场叫作哲学性自杀，但这并没有包含任何评论在里面，只是方便指出一种思想进行自我否定，并通过这种否定超越自我。对于存在主义者而言，否定是他们的上帝。确切地说，这一神明只有通过否定人的理性才得以维持，[1]但是同自杀一样，神明也因人而异。跨跃的方式有很多，重要的是要跨跃。那些作为弥补的否定，那些终极矛盾（否定尚未跃过的障碍），可能会从某种宗教启发中弹跳出来，正如从理性的秩序中弹出一样（这是此推理针对的悖论）。它们一直自以为永恒，也只有在永恒中他们才会跨跃。

必须重申，本书中的推理完全不理会我们这个

1. 我再声明一次：这里质疑的并非是对上帝的肯定，而是这种肯定的逻辑。

开明时代传播最为广泛的精神态度：以一切皆理性的原则为基础，旨在解释这个世界。当我们接受世界必然是清晰的这一观点后，自然要给出一个关于世界的清晰观点。这甚至也是合情合理的，却和我们这里进行的推理无关。事实上，我们的目的在于阐明源于世界缺乏意义这种哲学的思想，以及最后从中发现一种意义与深度时所采取的步骤。其中最动人的步骤从本质上说是具有宗教意义的；在非理性的主题上变得更加明显，但最自相矛盾又最富有意义的肯定是将合理的理性归于这个原以为全无指导原则的世界。对于怀旧精神的这种新成就，如果人们不能给出一种观点的话，那无论如何也不可能得到与我们相关的结果。

我将只检验一下由胡塞尔和现象学家们带动的潮流——“意向”主题，前面也已提到过。起初，胡塞尔的方法否定理性的经典步骤。我再重复一遍，思考不是产生一致，或是使外表在一个大原则的伪装下变得为人熟知。思考是重新学习如何去看，操控人的意识，从每种形象中发现一种特殊位置。换句话说，现象学拒绝解释这个世界，它只想描述真实的经验。其早期论断中就有这种说法，没有真实只有真理，这肯定了荒谬的思想。从夜晚的微风，到我肩上的手臂，一切都有它的真实。意识关注它，并借此加以阐明。意识并没有形成其理解的对象，它只是找到重点，这是一种关注行为。借用柏格森[1]派的形象，它就像是一台突然聚焦到一个图像上的投影仪。不同之处在于，这里没有情节，只有一连串不连贯的图解。在那奇幻的灯下，所有画面都受到特别待遇。意识在经验中将其关注的对象定格，运用非凡的技艺将它们分离出来。自此，它们不再接受任何评价。这就是刻画意识的“意向”，但这个词语并不意味着最终定义，只限于“方向”的意义层面：它唯一的表面意义就是方向上的。

初看起来，在这种情况下，似乎没有什么违背荒谬的精神。这种只描述不解释的思想表面看上去很低调，这种意向性的学科自相矛盾地导致经验不断丰富，促使世界在冗长中重生，这些都是荒谬的步骤，至少初看起来如此。就思想方法而言，不论是在这种情况下还是其他情况下，它总会表现出两个方面：一个是心理学方面，另一个是形而上学方面。[2]因此它们包含两种真理。如果意向的主题只阐

---

1. 亨利·柏格森（1859—1941），法国哲学家，文笔优美，思想富于吸引力，曾获诺贝尔文学奖。——译者注

2. 即使是最严格的认识论也设定了形而上学的方法。正是从这点上讲，

释一种心理学立场，致使现实没有得到解释反而被消耗殆尽，那么实际上什么也没有从荒谬精神中分离出来。它旨在列举自己无法超越的东西，只肯定在没有任何统一原则的情况下，思想仍然可以在描述并理解经验的各个方面时得到乐趣。由此，包含其中的真理从本质上说是心理学上的，它只是证实了现实可以提供的“兴趣”。这种方法唤醒了一个沉睡的世界，使其形象生动地浮现于脑海。如果试图拓展，为那个真理概念奠定一个合理性的基础，如果声称可以用这种方式发现知识的各种客体的“本质”，那么就恢复了经验的深度。对于一个荒谬的头脑来说，这是难以置信的。如今，正是这种在谦逊和显现在意向态度中的确信之间的摇摆，以及这种现象学思想的闪光，能最好地阐释荒谬的推理。

胡塞尔同样提到了由意向揭露的“超时间本质”，听起来像柏拉图。并非所有事物都能用一物来解释而必须用万物来解释，我觉得没什么不同。诚然，这些想法或本质要素都是意识在每种描述最后“实现”的，不会被作为完美的模范。不过可以确信，它们都直接出现在认识的每种依据中。单一的观点

（接上页）很多当代思想家的形而上学就在于没有他物，却拥有一种认识论。

不再能解释一切，而是无数的本质要素为无数对象赋予一个意义。这个世界停顿了，但是也被点亮了。柏拉图现实主义变得直观起来，但它仍旧是现实主义。克尔凯郭尔被自己的上帝吞没；巴门尼德[1]使思想深陷于“同一”中。而思想把自己掷入一种抽象的多神论中，这还不够：幻觉与虚构同样属于“超时间本质”。在观念的新世界中，光怪陆离的物种与大都会人这一更谦逊的物种协调合作。

有一种纯心理学的观点认为：世界的各个方面都是特殊的，这种观点在一个荒谬之人看来真实而令人不快。说任何事都是特殊的就等于说任何事都是平等的，但是这一真理在形而上学方面影响极为深远，以致荒谬之人通过一个基本反应便感觉和柏拉图更接近了。实际上他被告知，每种形象都有一个平等的本质。在这个没有等级的理想世界，正式部队只由将军组成。诚然，至高无上被消除了，但思想中的突然转变让一种有缺陷的内在性回归到这个世界中，这种内在性恢复了这个宇宙的深度。

我是否该担心把这个被其创造者谨慎使用的主

1. 巴门尼德（约公元前 515 年—公元前 5 世纪中叶以后）是一位诞生在爱利亚（南部意大利沿岸的希腊城市）的古希腊哲学家，他第一次提出了“思想与存在是同一的”命题。——译者注题扯得太远了呢？我只读过胡塞尔的这些观点：“就其本身而言，真实的东西是绝对真实的；真理有一个，与自身一致，不管认识真理的是谁，是人、魔鬼、天使，还是神。”这话表面来看自相矛盾，却有严密的逻辑性，但前提是要接受他先前的观点。理性胜利了，并且用这种声音吹响号角，我不可否认。其观点在这个荒谬的世界又有何意呢？天使或是神的认识对我来说都没有意义，神赐的理性准许给我的地位永远都让我难以置信。我从他的观点中也辨认出一种跨跃，尽管是以抽象形式出现的，但对我来说却意味着要忘记我不想忘记的。胡塞尔进一步感叹：“假如一切承受引力的质量都消失了，那么引力规律也不会因此被摧毁，只不过是没有再体现在实际中的可能罢了。”这时我明白，自己面对一种慰藉的形而上学。而如果我想发现思想在何时偏离了清晰之路，只须重读胡塞尔有关精神的相似推理：“倘若我们考虑清楚心理过程的确切规则，它们看上去也会一成不变，如同理论自然科学的基本规则一样。因此即使没有心理过程，它们也是有效的。”即使精神不存在，其诸多规则也会存在！于是我发现，胡塞尔旨在从一种心理学的真理中提出一个合理规则：在否定了人类理性的整合力后，他通过这一权宜之计跃入了永恒的理性。

我也不会对胡塞尔“具体宇宙”的主题感到惊讶。如果跟我说并非所有本质因素都是形式上的，而有些是物质上的，第一种是逻辑对象，第二种是科学对象，那么这只是一个定义问题。我读到，抽象的宇宙自身缺乏一致性，只表示具体宇宙的一部分，然而已得到注意的摇摆容许我阐明混乱的各项。因为这将意味着，我所关注的具体对象——天空、外套上水渍中的反射物——保留了我的兴趣在这世界中分离出的真实的声望。我不否认这一点，但这也意味着这件外套本身就具有普遍性，有自己独特而充分的本质，属于形式世界。我意识到，只是前进的次序被改变了，这个世界已不再能反射到更高层次的宇宙中，但形式的天堂在地球上的诸多形象中都有自己的倒影。这对我而言没什么改变。在此我没有形成对人类状态的意义——这一具体性——的鉴赏力，但我发现了一种不受束缚的唯理智论，可以将具体本身普遍化。

那种明显的悖论通过受辱的理性和胜利的理性这两条截然相反的道路，导致思想自我否定，惊异于这一悖论是徒劳无获的。从胡塞尔抽象的神到克尔凯郭尔光辉耀眼的神，两者相距并不遥远。理性与非理性宣传的是同一种东西。事实上用什么方法关系不大，只要有实现的愿望就足够了。抽象哲学家与宗教哲学家都从同样的无序出发，并在相同的焦虑中互相支持，然而解释是必要的，这里怀旧比知识更强。这个时代的思想立刻成为了受世界无意义论影响最深的哲学之一，也是结论分歧最多的哲学之一，这是很有意义的。它在现实的极端理性化与非理性化之间不停摇摆，前者倾向于将这种思想分化成诸多标准的理性，后者则倾向于神化这种思想，但这种分裂只是表面上的。这是一个妥协问题，在两种情况下，跨跃便足够了。认为理性概念是单向概念的想法一直都是错的。说实话，不管它对理想要求多么严格，这一概念与其他概念一样是不稳定的。理性有一种人性的面貌，但它也能被神化。普罗提诺[1]是第一个将之与永恒的思想态度相调和的人，自他以后，理性便学会了背离最受青睐的原则（即矛盾），以将相关要素中神奇的那一个、最奇特的那一个并入理性。[2]这是思想的一个工具，并非思

1. 普罗提诺（205—270），罗马帝国时代的希腊哲学家，新柏拉图主义奠基人。——译者注
2. A——在那个时候，理性要么适应，要么就得消失。它选择了适应。

想本身。最重要的是，一个人的思想就是他对旧事的怀恋。

正如理性可以抚慰普罗提诺的哀伤一样，它也在永恒熟悉的背景中找到了平息当代痛苦的方法。荒谬的头脑就没这么走运了，对于它来说，世界既没有那么合理，也没有那么不合理。它是不理性的，仅此而已。在胡塞尔那里，最终理性一点限度也没有了。相反，荒谬设立了自己的限制，因为它无力平息自己的痛苦。克尔凯郭尔从另一角度坚称，要否定那种痛苦，一种限度就够了。但荒谬并未走这么远，对荒谬而言，这一限制只是在理性的理想中发挥作用。如存在学家构想的那样，非理性的主题是，理性变得混乱，通过否定自身而逃遁。荒谬是注意到自身限制的清醒的理性。

只有在这条困径的尽头，荒谬之人才认出自己真正的动机。在将自己内心的极度渴望与摆在自己面前的事实相对比时，它突然感到自己想要逃离。

（接上页）在普罗提诺看来，变得有逻辑以后就会变得有了审美。隐喻取代了三段论法。

B——而且，这并非普罗提诺对现象学的唯一贡献。这一整体思想立场已包含在概念中，亚历山大时代的思想家对之极为钟爱，以致不仅有人的观点，也有苏格拉底的观点。

在胡塞尔的宇宙中，世界变得清晰起来，人们内心对熟悉的渴望变得毫无用处。在克尔凯郭尔的启示中，那种对清晰性的渴望必须被放弃才能得到满足。罪孽与其说是知道（如果是这样，那么每个人都是无辜的），不如说是想知道。这的确是唯一的罪孽，荒谬之人从中感到，自己的罪恶与清白都来自它。他有一种解决办法可选，这种办法让过去所有的矛盾都变成了论战的游戏而已。荒谬之人并不是这样体验矛盾的，应该保留矛盾的真实性，这真实性在于不被满足。他不想布道。

我的推论要忠实于激发起这种推论的明晰性。这种明晰性是荒谬的，它是拥有渴望的头脑与带来失望的世界之间的分离，是我对统一性的怀恋，是这个支离破碎的宇宙，是将宇宙碎片联结在一起的矛盾。克尔凯郭尔抑制着我的怀旧情绪，胡塞尔将这个宇宙聚合在一起。这并非我的期待。问题是，要带着这些错乱生活与思考，要明白是接受还是拒绝。掩盖证据，或是通过否认等式一侧的因素来抑制荒谬，是没有问题的。有必要知道人们能否与之共存，或者另一方面，逻辑是否命令人们为之放弃生命。我感兴趣的是普通的自杀，而不是哲学性自杀。我只是想去除它的情感内容，弄清楚它的逻辑与整体性。其他任何立场都意味着荒谬想法的欺骗，以及思想在自己所揭露的东西面前的回避。胡塞尔宣称要服从欲求，以避免“在某种熟知而适宜的存在条件下生活与思考的积习”，然而最后的一跃又让他恢复了永久性与舒适性。这一跃并不是克尔凯郭尔意想中的极端危险，相反，危险存在于跨跃之前的微妙瞬间。能够停留在那让人晕眩的风口浪尖——这就是完整性，其余都是借口。我还知道，无助激发起的协调从来没有像克尔凯郭尔的那样出众，但如果说无助在历史那不动声色的风景中占有一席之地的话，那么它在那种需求已为人所知的推理中是没有位置的。

荒谬的自由

主要部分已论述完毕，但还有几件事我要坚持，无法割舍，其中主要有我所知道之事、我无法否认之事、我无法拒绝之事及确切之事。对于我身上依赖于模糊往事的那一部分，除了那种对统一性的欲求、对解决问题的渴望、对清晰性和内聚力的需要之外，我可以全盘否定。对于周遭冒犯我或愉悦我的东西，除了那种混乱、那种当权机会、那种源自无序状态的神授的自由之外，我可以一一加以驳斥。我不知道这世界是否有一种超越自身的意义，但我知道我不了解那种意义，让我现在就去了解它也不可能。一种存在于我的环境之外的意义，于我意义何在？我只能理解人类的语言。我所理解的是我触摸得到的、与我相对抗的东西。而我也知道这两种确定性——我对绝对性和统一性的欲望，以及把世界还原为一种合理而理性原则的不可能性，无法得到调和。还有什么真理我可以坦诚承认而不必撒谎，不需要引入一个我所欠缺的希望，而这种真理又在我生存条件的限度内毫无意义呢？

假如我是林中之木，兽中之猫，那么这种生活还会有某种意义，确切地说那种问题就不会出现，因为我将是属于这个世界的。我应该就是这个世界，这个我用自己的全部意识和对熟悉性的全部坚持而反对的世界。正是这一可笑的理性让我与世间万物为敌，我无法将之一笔勾销，我也必须因此坚守自己相信的真理。对我来说显而易见的事情，即使于我不利，我也必须坚持。而除了对这一理性的意识，还有什么会是这种冲突的基础，以及这世界与我的思想相分离的基础呢？因此，如果我想坚持这一理性，我就可以通过一种始终如一的意识永远保持清醒与警觉。这就是此刻我必须要记住的。此刻，那么明显而又那么难以赢得的荒谬，又回到了人的生活中，在那里找到了家的感觉。此刻，精神也可以远离清醒的努力，这条路贫瘠而干皱。这条路如今出现在日常生活中。它遭遇到不具名的无人称代词的世界，但自此人们带着反抗与清醒走进了这个世界。人们已经忘记了如何去应付，如今的地狱是其最后的王国。一切问题又都变得尖锐起来，抽象的明晰性在形式与色彩的诗意面前撤退了。精神冲突变得形象化，又归于人心卑贱而华丽的庇护。尽管它们都未安置下来，但形象都得到了改观。有谁打算结束生命，或是一跃而逃，或是重建一座规模等身的思想与形式大厦？相反，又有谁想在让人惊心动魄、心力交瘁的荒谬之赌上下一注呢？在此问题上让我们来个最后一搏，得出我们的所有结论。届时身体、爱慕、创造、行动、人的高尚在这个疯狂的世界上将各归各位。最终人们会在这里找到供养其伟大性的荒谬之酒与冷漠之粮。

我们再次强调方法吧：这是一个坚持的问题。在荒谬之人的路上，某个时候他会受到引诱。即使是没有神存在的历史也不乏宗教或先知。若被要求跨跃，他只能回应说自己没有完全理解，说这不甚清楚。实际上，除了自己完全理解的，他不想做任何事情。他确定这是傲慢产生的罪孽，但他不理解罪孽的概念；他也确信，地狱也许就在眼前，但没有足够的想象力去设想那个奇怪的未来；还有，他不朽的声明正在消失，但考虑这些对他来说却是徒劳。也有人试图使他承认自己的罪过，但他觉得自己是无辜的。事实上，他能感觉到的只有那给予自己一切的不可救药的清白。因此，他对自己的要求就是只带着自己知道的生活，适应确定之物，拒绝任何不确定之物。他被告知没有东西是确定的，但至少这句话是确定的。而他所关心的是这一点：他想确定是否可能毫无诉求地生活。

现在，我可以引出自杀的概念了。或许你已经预感到会有什么解决办法被提出来。现在这个问题倒过来了。一开始的问题是要发现生活是否一定要有意义才能过好，而如今显然相反，生活没有意义才会过得更好。体验一种经历、一种特定的命运，便是接受全部生活。现在，人们都知道了生活的荒谬，谁也不会体验这样的命运了，除非他的所作所为都是为保持由意识阐明的这一荒谬。他生活在对立之上，而否定对立的其中一方就相当于躲避它，取消有意识的反抗就是逃避问题，于是永恒变革的主题被引入个人体验，生活便是保持荒谬，而保持荒谬首先就要审视荒谬。荒谬与欧律狄刻[1]不同，只有当我们背离它时，它才会消亡。仅有的几个前后一致的立场之一便是反抗，这是人与自己的阴暗面之间的不断对抗，是对不可能得到的透明度的一种坚持，它每一秒都要重新挑战这个世界。正如危险为人们提供了抓住意识的独特时机一样，形而上学的反抗将意识扩展至体验的整个过程。它是不断出现在人们眼中的自我形象，而非什么强烈的愿望，因为它缺少希望。这种反抗必将带来一种不甘溃败的命运，并没有本该伴随一旁的顺从。

由此可以看出荒谬的体验在多大程度上是远离自杀的。人们或许认为反抗之后便是自杀——错了，自杀并非反抗的逻辑后果。情况恰恰相反，因为自杀是以自愿为前提的。自杀，同跨跃一样，是极端的接受。一切都结束了，人便回到了自己的本质性历史中。他的未来，他可怕而又独一无二的未

---

1. 希腊神话中的人物，歌手俄耳浦斯之妻，新婚夜被蟒蛇杀死，其夫以歌喉打动冥王，冥王准许她回生，但要求其夫在引她回阳世的路上不得回头看她，其夫未能做到，结果她仍被抓回到阴间。——译者注

来 ——他看到了，并飞快地冲向它。自杀用自己的方式解决了荒谬，它将荒谬吞没在同样的死亡中。但我知道，为将荒谬保持下去，就不能解决它。它在意识到死亡的同时，拒绝了死亡，因而便逃脱了自杀。在有罪之人产生最后一个念头时，荒谬是他在自己晕倒的片刻于几码以外看到的鞋带。实际上，自杀的反面是被判了死罪的人。

这一反抗赋予生命以价值。它贯穿于整个生命，使这种生命恢复了昔日的尊严。对于一个眼光不开阔的人而言，没有比与超越自己的现实相搏斗的思智更好的视野了。人的自豪感是无可匹敌的，任何轻蔑对之都无济于事。那种精神自我施加的纪律、无端冒出来的意愿、面对面的对抗都具有某种特殊性。现实的非人性成就了人的尊严，而让这种现实处于困顿状态就等于是让自己处于困顿状态。我于是明白了，为何那些学说向我解释一切的同时也损耗了我的体能。它们将我从生命的重量中解救出来，而从此我就必须独自肩负起这重量。此刻我难以想象，一种怀疑论的形而上学能与一种选择放弃的道德观相结合。

意识与反抗，这些是与放弃相对的否定。人心中一切不屈不挠和充满激情的东西都在用自己的生命驱动着人的意识和反抗。一定不要心甘情愿地去死，自杀是一种否认。荒谬之人只能耗干一切，最后让自己枯竭。荒谬是他的极端紧张状态，他孤军奋战，不断保持着这种状态，因为他知道，他用那种意识以及日复一日的反抗证实了自己唯一的真理，那就是反抗。这是我们得出的第一个结果。

如果我坚持这种预先设定的立场——只在于从一种新发现的概念中得出所有结论（别无他物），那么我就会遇到第二个悖论。为忠实于这种方法，我与形而上学的自由问题毫无干系。我对人是不是自由的这一问题没有兴趣，我体验的只是自己的自由。而关于这一问题，我没有什么笼统观点，只是有一些清晰的领悟。“自由本身”的问题是没有意义的，因为它以一种极其不同的方式与上帝的问题相关联。要知道人是否自由就要知道人能否有一个主人。这一问题独特的荒谬之处就在于，产生自由这一问题的观念同样剥夺了它的所有意义。因为有上帝在，自由问题就得让位于罪恶问题。你知道选项的：或者我们是不自由的，全能的上帝对罪恶负责；或者我们是自由的，我们对罪恶负责，而上帝不是全能的。学术界众技全施，而对于这一尖锐的悖论，既无以补充，又不可削减。

这就是为什么我不能迷失在对这种概念的吹捧和定义中，那种概念让我搞不懂，而且一旦脱离了我自身体验的参考框架它便失去了意义。我不明白，一种更高级的存在会给我一种什么样的自由，我已经没有了等级感。我对自由的概念只停留在囚犯以及国家之中的个体身上，我只知道思想与行动的自由。如果荒谬取消了我所有永久自由的可能性，它在另一方面就恢复并扩大了我的行动自由。这种对希望和未来的剥夺意味着人可以有更多自主权。

在与荒谬相遇之前，芸芸众生活得有目标，他们关心未来，希望得到正当的待遇（至于与何人何物有关则不是问题所在）。人们掂量自己的机会，指望着“某一天”、退休后的生活，或是子孙的事业，仍然觉得自己可以控制生活中的某些事。实际上，即使所有事实都与自由相背，他还是表现得好像自己是自由的，然而荒谬出现之后，所有事情都被搅乱了：那种“我是”的想法、那种似乎一切皆有意义（即使我有时会说什么都没有意义）的行为方式——这一切都被一种可能死亡的荒谬性以其令人眩晕的方式揭露无疑。思考未来，为自己设定目标，有所偏好——所有这些都预先假定了一种自由的信念，即使人们有时确信自己没有感觉到自由。但在那一刻我很清楚，那种更高的自由、那种可单独作为真理基础的存在的自由并不存在。死亡是此时唯一的现实，而死亡之后便是关键时刻。我甚至都无法自由地使自己不朽，只是一个奴隶，最重要的是一个没有永久革命的希望且无法求助于轻蔑的奴隶。而没有了革命与蔑视谁还会继续做奴隶呢？没了永恒的保证，哪种自由可以完整地存在呢？

荒谬之人同时意识到，他一直受制于假定的自由，他生活在这种幻象之上。从某种意义上说，这成了他的束缚。他想象出自己生活的目标，使自己适应于目标的要求，并且成了为自由服务的奴隶。因此，我只能扮演我准备成为的父亲（或工程师、国家领导人、邮局小职员）的身份，我想我可以作这种选择而不是其他选择。当然，这是我无意识的想法，以至于非常肯定。同时，周围人们的想法，还有我的人性环境中的假设（其他人对自由的状态深信不疑，而这种快乐情绪极具传染性），又进一步肯定了我的假设。人不论多么排斥道德或社会假设，他都会多少受其影响，而对于那些极品假设（假设也有好坏之分），人们甚至会改变自己的生活以与之相适应，所以荒谬之人意识到他并非真正自由。说白了，我为自己设立了种种障碍以限制我的生活，以至我有了希望，以至我开始对一种可能为我所独有的真理、一种存在或创造的方式而担忧，以至我安排了自己的生活，并且接受它有意义。我画地为牢，限制了自己的生活我表现得像诸多为我所厌恶的思想与心灵的官僚一般，而他们唯一的罪恶我如今已非常清楚，那就是认真对待人的自由。

荒谬在这一点上启发了我：不存在未来，这也为我内心的自由提供了理由。这里我要作两个对比。首先，神秘主义者在付出自我中找到自由。当他们献身于自己的神，并且接受他的规则时，他们获得了隐秘的自由。他们自愿成为奴隶，于是便重获了一种更深刻的独立性。然而这种自由意味着什么？或许可以说，最重要的是他们自身感觉到自由，尽管不是无拘无束的那种自由。同样，荒谬的人彻底转向死亡（这是最显见的荒谬性）时，感到那凝结在自己身上的强烈关注完全被释放。他享受一种与普遍规则有关的自由。从这一点可以看出，存在哲学的原始主题还保有其全部价值。回归意识，逃避睡眠，这些代表着荒谬自由的初始阶段。但是我们暗指的其实是存在性说教，随之还有基本逃离意识的精神跨跃。同样（下面是我的第二个对比），古时的奴隶不属于自己，但他们知道那种不用对谁负责的自由。[1]而死亡也有一双贵族长老之手，既镇压，也给人自由。

投身于那种无限制的确定性中，并因此感到远离自己的生活，远到足以增强这种确定性，且对此拥有一种广阔的眼界——这需要一种自由的原则。与任何行动上的自由一样，这种新的独立有一种明确的时间限制，而不会开一张永久性的支票，但它替代了自由的种种假象，那些假象均随死亡告终。监狱的大门在某个黎明向有罪之人打开，这种有罪之人的出现是天赐；对一切事物（除了纯粹的生活激情）都表现出不可思议的冷漠——死亡与荒谬明显是唯一的理性自由之准则。这是人心可以经历与体验的。这是另一个结果。荒谬之人于是发现了一个炽热而寒冷、透明而有限的宇宙，这里没有可能性，一切都是已知的，而在这之外不外乎崩塌与虚无。然后他便可以决定是接受这样一个宇宙，还是从中提取自己的力量、对希望的否定，以及一种无慰藉生活的有力证明。

---

1. 我所关注的是一种事实上的对比，而非一种谦逊的勉强替代品。荒谬之人与妥协之人是相对立的。

但是在这样一个宇宙生活意味着什么呢？目前来看只意味着对未来的冷漠，耗尽一切现有事物的欲望。对生活意义的信念总会包含一种价值等级、一种选择及我们的偏好。根据我们的定义，相信荒谬则会得出相反的结论，但这是值得检验的。

我的一切兴趣所在就是知道人能否毫无诉求地生活。我不想力所不能及。生活的这一面正向我展开，我能适应吗？面对这一特殊问题，相信荒谬就相当于用体验的数量代替质量。如果我让自己相信生活除了荒谬就没有其他面貌，如果我感到生活的整体平衡取决于自己有意识的反抗与生活挣扎其中的黑暗间的永久对立，如果我承认我的自由若不涉及其有限的命运便毫无意义，那么我必须说，重要的不是活得最好，而是活得最多。至于这是粗俗的或恶心的，优雅的或恶劣的，我都没有义务去担心。在此我们彻底弃价值判断而取事实判断，而我只需从所见中得出结论，不冒任何假设的风险。如果说用这种方式生活是不体面的，那么真正的体面要求我不体面。

活得最多；从最广泛的意义上看，这种规则毫无意义。它需要定义，似乎数量的概念没有得到充分探索这一事实可作为开端，因为它可以解释人们的大部分体验。一个人的行为规则与他的价值等级是毫无意义的，除非他已经积累了大量的、各种各样的经验。如今，现代生活条件让大部分人都有了相同数量的体验，以及由此带来的相同的深刻体验。当然，还必须考虑到个体自发的贡献，其自身的“固有”元素。但是我不能对此作出评判，我重申，此处我的规则就是处理最直接的明晰性。于是我明白了，一种普遍道德规范的个体特征与其说在于其基础原则的理想重要性，不如说在于一种可以衡量的体验标准。把这一点稍微引申一下，希腊人在休闲时也有自己的准则，同我们每天八小时的工作准则一样。然而许多非常悲剧的角色已让我预见到，更长的体验会改变这种价值表。他们让我们想象，日常生活中的探险者只通过体验的数量便能打破所有纪录（我有意采用了这一体育用语），并会因此赢得自己的道德准则。[1]但我们还是避免浪漫主义，直截了当地问自己，对于一个决心打赌并仔细观察自认的游戏规则的人来说，这样一种立场意味着什么。

1. 有时数量构成质量。倘若最近重新阐释的科学理论可信，那么所有物质都是由能量中心构成的，其数量的多少决定其特性是否突出。十亿个离子与一个离子的差异不仅在数量上，也在质量上。从人类的经历中找到一个类似例子很容易。

打破所有纪录首先就意味着尽可能频繁地面对这个世界。没有矛盾与文字游戏，这如何能完成呢？因为，一方面，荒谬告诉我们，所有体验都无关紧要；另一方面，荒谬又鼓励最大数量的体验。人怎么就不能像我之前提到的那么多人一样选择带给我们最具可能性的人性问题的生活形式，因而引入一种价值等级—那种他在另一方面声称要摒弃的价值等级呢？

然而给我们以启发的还是荒谬及其充满矛盾的生活。因为有种错误的观点认为如果体验的数量只取决于我们的话，那么它会取决于我们的生活境况。这里我们必须简之又简。对于两个度过等量岁月的人，世界总会提供等量的体验，而能否意识到这些体验，取决于我们本身。最大限度地了解一个人的生活、反抗、自由，便是最大限度的生活。清醒在哪里占了上风，哪里的价值等级就会变得无用。我们不妨更简化一点。我们说，有待改善的唯一阻碍、唯一缺陷产生于早亡。因此在荒谬之人的眼中（即使他想这么做），没有任何深度、感情、激情和牺牲可以把一段四十年的有意识生活等同于一个贯穿六十年的清晰性。[1] 对他而言，疯狂与死亡是无法弥

1. 同样的思考也适用于与永久虚无状态这一观念一样有差别的一个概念。它既不从现实中索取，也不为其贡献。在虚无状态的心理学体验

补的。人们不作选择。因此，荒谬及荒谬所包含的额外生活不依赖于人的意志，而依赖于相反面——死亡。[1]仔细权衡这些语句，这只是一个运气问题。人只要能够赞同这一点。二十年的生活与体验就永远都不会有替代品。

然而如此警觉的希腊民族居然声称，那些早亡之人是众神的宠儿，这未免显得前后不一。如果你愿意相信，进入这样一个荒谬的众神世界就相当于永远失去了最纯粹的快乐——感觉，在人间的感觉，那么他们的话就是真的。现在，以及在始终清醒的灵魂面前接二连三的当下，是荒谬之人的理想。但理想这个词在这种联系中听起来不合适，这甚至都算不上他的使命，只是其推理的第三个结果。关于荒谬的思索始于对非人性的一种痛苦的意识，在其行程的最后它又回到了人性反抗的激情火焰之心。[2]

（接上页）上，我们自己的虚无状态只有考虑到两千年之后所发生的事才能真正拥有意义。从其某一个方面来看，永久的虚无状态正是由将来的一定量生活构成，那些生活不属于我们。

1. 这里的意志只是施动者：意在保持清醒。它提供了一种生活的准则，可以察觉得到。

2. 重要的是一致性。我们在这里从接受世界出发，但是东方思想教导我们，人通过选择反对世界而能够沉溺于同样的逻辑尝试。这个同样合理，并给予了本文的视角和限度。然而当同样严格程度地追求世界的否定时，诸如关于作品的冷漠性，人们常常（用某些吠陀派的说法）

因此，我从荒谬中推导出三个结果：我的反抗，我的自由，以及我的激情。我只通过保持清醒便将一种死亡的诱惑转化为一种生活准则——我拒绝自杀。当然，我也知道在这些日子里的单调的共振，但我只有一句话要说：那是必不可少的。尼采写道："很明显，不论在天堂还是人间，最重要的就是绝对服从，并在一个方向坚持到底：从长远来看会出现一些值得费力生活在这个世上的事物，诸如美德、艺术、音乐、舞蹈、理性、精神——这些事物可以产生改观，它们精美、疯狂，或者神圣。"他以此阐明了一种真正卓越的道德规范，但他同样指明了荒谬之人的道路。服从于激情是最容易也是最困难的事情，但是人不时地自我评判对自己是有好处的，只有他自己能做到这一点。

"祷告，"阿兰[1]说，"就是夜晚降临在思想之上。"神秘主义者和存在主义者回应道："但是精神必须与

（接上页）获得同样的结果。在一部重要的著作——《选择》中，让·格勒尼埃以这种方式确立了名副其实的"冷漠哲学"。（吠陀是印度最古老的宗教文献和文学作品的总称。——译者注）

1. 阿兰（1868—1951），法国现象学家，受德国现象学家胡塞尔影响很大。——译者注

夜晚相会。”这没错，然而精神为投入其中而唤起的，并非那个单凭个人意愿就出现在眼皮底下的夜晚——那个黑暗而无法穿透的夜晚，精神集中起来，投入其中。如果说它必须际会一个夜晚的话，那么就让它是绝望的夜晚——极夜，精神不眠，这样还能保持清醒，由此或许还能诞生纯洁、发白的光亮，从而勾勒出思智灯下每一个对象。从这一层次上说，对等邂逅了充满激情的智慧。如此来看，这甚至已不再是对存在主义的跨跃进行评判的问题了，而是又呈现出人性立场的那种古董面貌。对于观众而言，假使他是清醒的，那么跨跃依旧是荒谬的。若它自认可以解决悖论，那么它便会回复到完好状态。在这一点上，它是鼓舞人心的。在这一点上，一切都各归各位，这个荒谬的世界也得到了重生，恢复了往日的壮丽与多姿。

然而，阻止所有精神力量中或许最细微的一种是糟糕的，只用一种方式去看难以收到满意的效果，也很难不产生矛盾。以上只是对一种思考方式的定义，而重点是去生活。

荒谬的人

如果斯塔夫罗金信教，他不认为他信教。

如果他不信教，他不认为他不信教。

——陀思妥耶夫斯基《群魔》

歌德[1]说："我的领地，就是时间。"这实在是荒谬的言论。荒谬的人其实是什么样的？他做事不求永恒，他自己也不否认这一点，他对怀旧并不陌生，但更偏爱自己的勇气与推理。勇气教他在生活中不

1. 歌德（1794—1832），德国诗人、作家，青年时代为狂飙运动的代表人物，集文学、艺术、自然科学、哲学、政治等成就于一身，写有不同体裁的大量文学著作，代表作为诗剧《浮士德》、小说《少年维特之烦恼》等。——译者注

怀有追求，珍惜所拥有的东西；推理让他清楚自己的界限。他确信，他的自由短暂而有限，他的反抗没有未来，对于生死也已经觉悟，于是在有生之年他要实践自己的冒险旅程。这便是他的领地，这便是他的行动，对此他不会接受来自他人的任何评判。对他而言，一种更伟大的生活并不意味着另一种生活。这是不公平的。我所谈的甚至也不是那种无价值的永生，也就是人们所说的香火长传。罗兰夫人[1]的依靠是自己，而这一鲁莽行为也得了教训。其后人非常乐意引用她的言论，但却忘了对之加以判断。罗兰夫人对后人保持一种冷漠的态度。

对道德规范进行长篇大论不存在任何问题。我见过大德之人行为不端，平常也注意到，没有必要为正直诚实设立规范。只有一种道德规范可以为荒谬之人所接受，它是与上帝分不开的：由上帝口授的命令。可是碰巧他的生活中没有上帝。至于其他的（我指的是非道德主义），荒谬之人除了正当理由什么也没发现，而他不需要理由去证明什么。这里我就从保证其无辜的原则谈起。

---

1. 罗兰夫人（Manon Jeanne Phlipon，1754—1793），法国大革命时期著名的政治家，吉伦特党领导人之一。——译者注

这种无辜是可怕的。伊凡·卡拉马佐夫[1]宣称:“一切都是被允许的”，这同样有点荒谬的味道，但前提是不要用一种庸俗的观念去看待它。我不知是否已充分说明:这并非一种解脱或喜悦的发泄，而是对一个事实痛苦的承认。确信一个上帝赋予生命以一种意义，这在吸引力上远远超过了可使恶行免受惩罚的能力。选择不难做，可是没有选择，这时痛苦便来了。荒谬不会释放，而是要束缚，它不会允许所有的行为。一切都被允许不意味着一切都不被禁止。荒谬仅仅是为那些行为的结果找到一种等价物。它并不支持犯罪，因为那将很幼稚，但他再一次承认了悔恨是无用的。同样，倘若所有的生活经历都是无差异的，那么关于责任的经历就会和其他经历一样合理。做一个有道德的人可以凭借一闪之念。

一切道德体系都建立在这一观点上，即一种行为的结果或者使这种行为合乎情理，或者抵消这种行为。一个被灌输以荒谬的头脑只会判断要冷静思考那些结果，作好了偿还债务的准备。换句话说，在这种观点看来，负责的人可能是有的，但却没了有罪之人。这种思想最多会把过去的经验作为将来

1. 陀思妥耶夫斯基小说《卡拉马佐夫兄弟》的主人公。——译者注

行动的基础。时间拖延时间，生活为生活服务。在这个充满可能性的有限领地，他自身的一切，除了清醒的头脑，在他看来都是不可预见的。那么，从这种不理性的秩序中，又能生发出什么规则呢？似乎对他有益的唯一真理并非形式上的：真理开始形成，便在人们身上发生作用。在推理的最后，荒谬的头脑可以预见的不是道德准则，而是对人们生活的阐释与人们生活的迹象。以下几个人物形象都属于这种类型，他们对荒谬的推理表现出一种特定的立场，并投入了自己的热情，以此拖延荒谬的推理。

一个范例未必要去效仿（在荒谬的世界甚至更是如此），因而下面要举的例子也并非典范。我是否还需要对这种观点加以阐释呢？为此需要某种使命感，除此之外，在考虑周全的情况下，如果人们从卢梭[1]的思想里得出人要爬行，从尼采的思想里得出人要虐待自己的母亲，那势必是荒唐可笑的。一位当代作家写道："荒谬是必要的，而受骗不是必要

1. 卢梭（1712—1778），法国思想家、文学家，其思想和著作对法国大革命和十九世纪欧洲浪漫主义文学产生巨大影响。在社会观方面，主张人们经协议订立契约，建成公民的社会；在教育观方面，提出"回归自然"，让儿童的身心自由发展。著作有《民约论》、小说《爱弥尔》和自传《忏悔录》等。——译者注

的。”[1] 我将要论述的立场只有通过考虑其对立面，才能呈现完整的意义。邮局工作的小职员与帝王将相是平等的，只要他们都有觉悟。在这一点上，所有生活经历都是无差别的，其中有的对人有利，有的有害。如果是有意识的人，那么就会对他有利，否则便无关紧要了：一个人的失败在于对自身的评判，而非对环境的评判。

我所选择的人物，都只有一个目的——消耗自己，或者我认为他们在消耗自己。这不牵扯深层含义。此刻我只想谈论一个思想、生活在其中都没有未来的世界。促使人们工作与兴奋的任何事情都要用到希望，因而只有无效的思想才不是虚假的。在这个荒谬的世界，一个观念或一种生活的价值要由其无效性来衡量。

唐璜主义

如果只要爱就够了，那么事情就太简单了。一个人爱得越多，荒谬就越多。唐璜找了一个又一个

---

1. 参见拉歇尔·贝斯帕洛夫的《途径与十字路口》。——译者注

女人，不是因为缺少爱。把他描写成一个追求真爱的神秘主义者真是太可笑了，但的确是因为他把同样的热情投入每一份爱，每次都是全身心投入，他才一定要重复利用这份天赋，不断寻求。因此每个女人都希望给予他没人给过他的东西，可每次她们都大错特错，只能让他感觉到对这种重复的需求。“终于，”其中一个女人大呼，“我把爱给了你。”唐璜付诸一笑，“终于？不，”他说，“只是又一次。”我们还会惊讶于此吗？为什么只有减少爱的次数，才能保证爱得深情呢？

唐璜忧郁吗？不可能。我不会去参考那些传说。他的笑，那种征服者的傲慢、那种玩世不恭，还有对剧院的钟爱都清楚明白，充满欢乐。所有健康的生灵都想自我复制，唐璜也不例外。而忧郁的人之所以忧郁是因为：他们不知道，或者他们有希望。唐璜知道，他也没有希望。他让我们联想起那些明白自身局限的艺术家，他们从不逾越这一局限，而且在那个表明自己精神立场的不靠谱的间隙，他们享受作主人的美妙与悠闲。这的确是非凡的才能：一种知道自身局限的智慧。直到生命的尽头，唐璜对忧郁仍是一无所知。在他知道的那一刻，他放声大笑，笑声让人原谅了一切。当他有希望的时候，他是忧郁的。现在，从那个女人的口中，他尝到了这唯一知道的事情带给自己的苦涩与安慰。苦涩？不过是：让幸福被察觉到的必要瑕疵。

如果试图把唐璜看成是依据《传道书》[1]培养出来的人，那就大错特错了，因为在他眼里，除了对另一种生活的希望外没有任何东西是虚空的。他之所以证明了这一点，是因为他用那另一种生活来赌天堂。渴求欲望，得到满足之后欲望便终止，这种无能之人的共性不属于他。对于笃信上帝而把自己出卖给魔鬼的浮士德[2]来说，这没什么。对唐璜来说，事情就更简单了。莫利纳[3]的“骗子”每次受到下地狱的威胁时，总是回答：“你给我的缓期太长了！”死后之事都是那么没有意义，而那些知道如何活着的人，又有多么漫长的岁月在等着他们啊！浮士德

1.《圣经·旧约》的一部，作者为古犹太国王所罗门，大约成书于公元前930年。——编者注

2. 德国中世纪传说中的一位术士，为获得青春、知识和魔力，将灵魂出卖给魔鬼；德国作家歌德曾创作同名诗剧。——译者注

3. 蒂尔索·德·莫利纳（约1582—1648），西班牙喜剧作家，写有喜剧四百多种，出版八十余种。在西班牙戏剧史上有一定的地位。《塞维利亚的骗子》创造出欧洲文学中的典型人物之一唐璜，莫里哀的讽刺喜剧《唐璜》，拜伦的长诗《唐璜》，都仿照剧中这一形象而写成。——译者注

渴求世间的美好；这个可怜人要做的只是伸出手。当他无法得到满足时，就相当于在出卖自己的灵魂了。说到满足，唐璜恰恰相反，他坚持要满足。如果他离开一个女人，绝对不是因为他不再爱她了，漂亮的女人总是勾人欲望的。只是他又对另一个产生了欲望，而这不是同一回事，不是的。

这样的生活满足了他的每个愿望，没有比失去这种生活更糟糕的了。这个狂人是个大智者。但是靠希望生活的人不会在这个宇宙得势，在这里，仁慈要屈从于慷慨，爱慕要屈从于强大的沉默，同舟共济要屈从于个人英雄主义。大家都匆匆下结论说："他是一个懦夫、一个理想主义者，或者一个圣人。"人们必须贬低那些无礼的伟大。

人们受够了（或者露出同谋者的微笑，从而降低那种欣赏的成分）唐璜的演说，还有他用在所有女人身上的同一套话。但对于追求快乐数量的人来说，唯一要紧的是效力问题。如果各种口令都经受住了考验，那还有什么必要使之复杂化呢？无论男女，没有人去听从这些口令，他们听的是发出这些口令的声音。这些口令是规则、惯例，也是礼貌。发出这些口令后，最重要的还没完成，唐璜已为此作好了准备。他为何要给自己提出一个道德上的问题呢？他不像米洛兹[1]剧中的马纳拉，因为渴望成为圣人而诅咒自己。地狱在他看来是一件需要被激发的东西。对于神灵的愤怒他只有一种回答，这就是人的荣耀。“我有荣耀，”他对骑士长[2]说，“我会遵守我的诺言，因为我是一个骑士。”可是如果把他当作一个伤风败俗之人，就又大错特错了。在这一方面，他“和其他人一样”：他有自己好恶的道德准则。要正确认识唐璜，只能不断参照通常他所代表的形象：平平常常的引诱者，处处拈花惹草。他是一个普通的引诱者，[3]其不同之处只在于他是有意识的，这就是为什么说他是荒谬的。尽管如此，一个清醒

---

1. 奥斯卡·米洛兹（1877—1939），诗人，外交官。生于当时归于俄罗斯皇帝（现今属白俄罗斯）统治之下的立陶宛地区。后前往巴黎，在那里度过了人生的最重要时刻，并偶遇鼎鼎大名的奥斯卡·王尔德。在欧洲游历多年，并参加了一战，加入立陶宛阵营，担任过外交官。在 1931 年，以被授予法国荣誉骑士勋章为契机，加入了法国籍。他的《米格尔·马纳拉》（*Miguel Manara*），描写了一个唐璜式的英雄，最终皈依于神无私的爱，找到心灵安慰的故事。——译者注
2. 剧情交代：唐璜潜入骑士长邸宅，企图调戏骑士长之女安娜。安娜呼救，骑士长闻声赶来，唐璜拔剑刺死骑士长后逃跑。后来当唐璜在墓地游荡时，发现了骑士长的塑像，于是他戏邀塑像共进晚餐，塑像点头应允。结局是骑士长塑像如约前来。地面裂开，火焰喷出，唐璜被拖下地狱。——译者注
3. 从完整意义上说，就他的错误而言。一个健全的立场同样包含谬误。

的引诱者不会有所改变，引诱是他的生活状态。只有小说里的人才会改变生活状态，或是自己变得更好，但也可以说什么也没有改变，同时一切都转变了。唐璜付诸行动的是一种数量上的道德标准，而圣人则青睐于质量。不相信事物的深层含义，是荒谬之人的专属。至于那些热诚或者大吃一惊的面庞，他会投以目光，加以储存，但并不有所停留。时间与她们并进，而荒谬之人与时间不可分割。唐璜没有想要“收集”女人，他穷尽了她们的数量，与此一起耗尽的还有他生活中的可能性。“收集”就等于是依靠自己的过去生活，但他反对懊悔，这是希望的另一种形式。翻看照片不是他能做出来的事情。

尽管如此，他是自私的吗？以他的行为方式来看或许是的，但这里我们也有必要相互理解一下。有的人是为生活而生，有的人是为爱而生。至少唐璜倾向于这种说法。他可能会长话短说，讲他有能力去选择。因为我们这里所说的爱穿着永恒的幻衣。正如所有情感专家教导我们的，只有受到挫折的爱情才能成为永恒，几乎没有一帆风顺的爱情。这样一种爱只有在终极的矛盾——死亡——到来时才会到达极致。人应该要么成为维特[1]，要么什么也不是。而自杀的方式也有很多，其中之一就是全力付出与忘我。唐璜和其他人一样，知道这会带来不平静，但他又是知道这事无关紧要的少数几人之一。他还知道，那些出于一种伟大的爱而忽视个人生活的人或许是充实自己，但必定也让自己爱的人一无所有。一位母亲或一位感情热烈的妻子必定有一颗封闭的心，因为那颗心已背离了这个世界。一份感情、一个人、一张面孔，这一切都被吞食了。搅扰唐璜的是一份很不同的爱，这份爱随心所欲。它有着世上所有的面貌特征，它知道自己不能永生，于是还带着颤抖。唐璜选择变得一无是处。

对他来说，这一问题就是把眼睛擦亮。我们把爱看成将我们与其他生灵联结在一起的东西，凭借的只是一种共同的看问题方式，而这一共识往往由书籍和传奇故事促成。然而关于爱，我只知道那种欲望、爱慕以及智慧的混合体，它把我和这个或那个生灵联系在一起。这种复合物因人而异，我无权用同一个名字指称所有这些体验，这就避免了人们的行为方式千篇一律。荒谬的人此时便会又一次将

1. 歌德著作《少年维特之烦恼》中的主人公。——译者注

他无法统一的东西加倍复制，于是他发现了一种新的存在方式，这种方式解放了他自己，也解放了那些靠近他的人。没有高贵的爱，只有自知短命而独特的爱。所有那些死亡与重生如花束般聚集到一起，偿还了唐璜的余生，这便是他付出与活跃的方式。请读者自己判断这能否叫作自私。

我想到了那些坚持要惩罚唐璜的人，他们认为他不仅应在来世受罚，即便在今世也应受罚。我想起了那些关于老年唐璜的故事、传说，还有笑话。但是唐璜已经准备好了。对于一个有意识的人来说，衰老及其延伸出来的事物都不足为奇。的确，他并没有无视衰老的恐怖，只有在这一点上，他才是有意识的。雅典有一座专为老年人而建的庙宇，孩子们会被带到那里。唐璜认为，嘲笑他的人越多，他的形象就越突出。因此他拒绝接受那些浪漫主义者为他塑造的形象。没有人愿意去嘲笑饱受折磨、惹人怜悯的唐璜。他是被同情的；天堂能拯救他吗？但情况并非如此。在这个被唐璜瞥了一眼的宇宙里，荒唐也包含其中。他会认为受惩戒是正常的，这是游戏规则。他典型的贵族表现就是接受所有的游戏规则，但他知道自己是对的，不可能会受罚。命运不是一种惩罚。

这是他所犯的罪，而要理解上帝的子民为何要惩罚他再容易不过了。他获得一种没有幻觉的认识，这种认识否定了那些人的所有信仰。爱和占有，征服和消耗——这就是他的认识方式（圣经中将这种肉体行为称作“知道”，圣书偏爱这个词是有意义的）。作为那些人最坏的敌人，他是无视他们的。一位编年史学家说真正的“骗子”死于法兰西斯派[1]的暗杀，该派想“结束生来便被赋予免罚权的唐璜那放肆和亵渎的行为”。之后他们宣称是上帝将他击倒，这一离奇的结局没有人去证明，也没有人去推翻。如果有这种可能性，那么我可以不加质疑地说这是符合逻辑的。在这一点上我只想把“生来”一词单挑出来推敲一下：正是活着这一事实确保了他的无辜。正是从死亡那里他获取了现在已成为传说的罪恶。

那个骑士长石像被用来惩罚敢于思想的血肉与勇气，除此之外，它又有什么代表意义呢？秩序、永恒的理性，以及普遍道义的所有能量，一个喜怒无常的上帝让人感到陌生的所有伟大，都集合到他的身上。这个没有灵魂的巨石象征的只是唐璜永远

1. 又称方济各会，是天主教托钵修会之一。——译者注

都否定的力量，但该骑士长的任务仅止于此。雷电会回归到那个仿造的天国，也就是它们被唤起的地方。真正的悲剧在发生时离它们很远。不，唐璜不是死在一个石头的手上。我倾向于相信那故弄玄虚的传说，相信一个健康的人用疯癫的笑声惹到了一个不存在的上帝。然而我尤为相信，那个晚上，当唐璜在安娜住所等待时，骑士长没有出现，午夜过后，这个亵渎神灵之徒必定感受到了那些正人君子的可怕的痛苦。关于其生平，我更愿意接受，他最终被葬于一个修道院的说法，但关于这个故事给人的启示意义就不太可信了。他能向上帝要求什么庇护呢？但这却代表了一种完全荒谬生活的合理结果、一种追求短命快乐的悲惨结局。在这一点上，肉体上的享乐终结于禁欲主义。必须认识到，它们可以说是同一种穷困命运的两个方面。一个人被自己的躯体出卖，只因没有及时死去，所以在生命终结之前，他的生活一直是喜剧，而与那个不被自己崇拜的上帝面对面，像侍奉生活那样侍奉他，屈膝于虚无，手伸向一个明知没有雄辩术也没有深度的天国，我们还能想到比这更恐怖的形象吗？

我看到唐璜栖身于西班牙山顶的一个废弃修道院的一间净室内。倘若他有所思，思考的不会是其旧爱的幽灵，或许——透过阳光烘烤的墙上的一条窄缝——是某个沉寂的西班牙平原，一方高贵而没有灵魂的土地，在那里他认清了自己。没错，伴着这个忧郁而灿烂的画面，幕布应该拉下来了。结局，我们等待但绝不期待，结局是可以忽略不计的。

戏剧

哈姆雷特说："演戏就是重要的事，凭借它我将抓住国王的意识。"就是这个词，抓住，因为意识动作迅速，或者还会退缩，所以必须在它行进时下手，在它匆匆扫视自己的当口抓住它，那时不易被察觉。庸人都不爱耽搁，所有事都在催着他往前走，但与此同时，除了他自己，特别是自己的潜能，什么事也提不起他的兴趣。由此他对戏剧、对表演产生了兴趣，这为他展现了那么多的命运，他可以在感觉不到悲伤的情况下体味诗意。至少这里可以看到没有思想的人，而他继续匆匆地奔向某个希望或其他什么东西。荒谬之人的起点在他人离开的地方，在停止欣赏戏剧的头脑欲进入的地方。进入那些生活，体验它们的多姿多彩，就等于是把它们演绎出来。

我并不是说演员一般都会服从于那种冲动，也不是说他们都是荒谬之人，而是说他们的命运是一种荒谬的命运，可能会让一颗冷静的心陶醉、沉迷。为使读者在理解以下内容时不至于产生误解，有必要先作此说明。

演员的职业生涯是转瞬即逝的。在已知的所有名声中，演员的名声最为短暂，至少人们在谈话中是这样说的，然而所有名声都很短暂。从天狼星的角度看，歌德的作品在一万年后将化成尘埃，他的名字也将被遗忘。或许一批考古学家还会为我们这个时代寻找“证据”来证明它的存在。这一观点总会包含教育意义。认真思考这一观点后，我们对于冷漠之中深远的高贵，会减少一些不安情绪。最重要的是，它把我们的注意力移向了最确定之事，即最直接之事。在所有的名声中，欺骗性最小的要属已被验证过的名声。

因此，演员选择了多样的名声，这名声已被神圣化，并经受了考验。一切事物终将消亡，他从这一事实出发作出了最佳判断。一个演员或成功，或不成功。一个作家即使不被赏识，也有某种希望，他可以用自己的作品见证自己的过去。演员最多留给我们一张照片，关于他的自身——他的姿态、他的沉默、他对爱的汲汲渴望，我们将一无所知。对他来说，不为人知就是不演戏，而不演戏就是和他曾赋予生命或唤醒的角色一同死去，多达百次。

我们为何要讶异于最短暂生命基础之上的昙花一现的名声呢？演员有三个小时的时间去做埃古[1]、阿尔切斯特、费德尔或格洛斯特，在这段很短的时间内，他让这些角色有了生命，最后又倒在这五十码见方的舞台上。荒谬从来没有被这么详尽地、这么长篇累牍地论述过。除了这些令人赞叹的生命，这些几个小时内在一个小舞台上展现的卓越而完整的命运，我们还能想象出更有启示性的典范吗？下了台，西基斯蒙德[2]不再是西基斯蒙德。两小时后你可能就看到他出去吃饭了。那么或许，生活就是一场梦，但西基斯蒙德之后还有后来人。在不确定性中煎熬的英雄人物取代了那个为复仇而咆哮的人。因而演员驰骋过几个世纪，演绎过无数角色，在尽可能真实地模仿别人的过程中，与另一个荒谬个体——游客有了很多共性。和他一样，游客也耗尽

---

1. 莎士比亚悲剧《奥赛罗》中狡猾残忍的反面人物，暗施毒计诱使奥赛罗出于嫉妒和猜疑将无辜的妻子苔丝德蒙娜杀死。——译者注
2. 神圣罗马帝国皇帝、匈牙利国王和波希米亚国王。——译者注

了某些东西，并且还在不断前进。他是时间中的游客，或最多是被追捕的游客，被灵魂追逐着。数量上的道德观若要找到赖以存在的基础，那么肯定是这个奇怪的台子。很难说演员在多大程度上受益于角色，但这是无关紧要的，问题只在于，要知道自己和这些不可替代的角色有多大关联。他经常随身带着这些角色，而这些角色则超越了它们诞生的时间与空间，与这个无法把自己和一直以来所演的角色轻易分开的人结伴同行。有时拿一个杯子，他会用哈姆雷特的姿势举起杯子。他与自己注入生命的角色之间，距离并不遥远，绝不。他每个月或每一天都在充分阐释这一内含深意的事实，即一个人想要成为的人与他自己之间没有界限。他总是关心如何更好地去展现，阐释在多大程度上表象构成了存在。因为这就是他的艺术——十足的模仿，把自己尽可能深地投入另一种生活。努力到最后，他的使命便明晰了：全心致力于变得空虚，或者分饰多角。塑造角色时所受的限制越小，就越需要发挥他的才智。在今天佩戴的面具下，他能活三个小时。在这三个小时内，他会体验，并且表现一种独特生活的全貌。这就叫迷失自己以发现自我。在这三个小时内，他走完了这条死胡同的全程，而坐在观众席上的人却要花一生才能走完这段路。

在对这种短暂生活的模仿上，演员只在表面上训练并完善自己。戏剧表演的惯例是，通过姿态与肢体来表现和沟通内心世界——或者通过与肢体表达能力相当的灵魂的声音。这种艺术的规则就是，把一切都夸大并用身体语言表现出来。倘若在舞台上爱一个人就必须真心去爱，说话必须用心里那个独一无二的声音，看东西时必须像人们在生活中那样凝视，那么我们的讲话就成了暗语。这时沉默就必须派上用场。爱的声音越大，静默就更加壮观。身体就是国王。不是每个人都能“表演”，这一词语被不公正地丑化了，它包含一种完整的美学和一种完整的道德观。人的一半生命都用在暗示、背离和沉默上，而演员成了入侵者。他要打破束缚灵魂的魔咒，激情才能冲上它们的舞台。他们的语言表现在每个姿态中，他们只有通过大喊大叫才能生活，所以说演员塑造自己的角色就是为了展示。他描绘或刻画他们，一下子穿上为他们虚构的外衣，并为他们的幻象输入自己的血液。当然，我所指的是伟大的戏剧，可以使演员借机实现自己完全的实际命运的那种戏剧。以莎士比亚为例，在其冲动横行的剧中，身体的激情推动着剧情的发展，可以用以解释所有事情。没有了这些激情，一切都要烟消云散。若没有流放考狄利娅[1]和惩处爱德伽[2]的粗暴行为，李尔王永远也不会坚守那源自疯狂的约定。此后悲剧的展开便充斥着那种疯狂，灵魂都给了恶魔及其萨拉邦德舞。这出戏至少有四个疯子：一个由于交易，一个出自意愿，还有两个是遭受了苦难——四个错乱的身躯，一种状态的四个不可言说的方面。

光靠人的肢体还不够，面具和厚底靴，减弱或强调面部本来特征的化妆，起夸张或简化作用的服饰——在这个宇宙里所作的一切牺牲都是为了表象，只是为眼睛服务。身体通过一种荒谬的奇迹同样可以获得认识。如果我不扮演埃古这个角色，我永远也不会真正理解这个人。光听他说话是不够的，因为我只有在看见他的时候才能了解他。演员最后会从荒谬的角色中感到乏味，那是一种单一的、让人感到压抑的黑色轮廓，既陌生又熟悉，要跟着他从一个角色到另一个角色。同样伟大的戏剧作品可以

---

1. 莎士比亚悲剧《李尔王》中李尔王的诚实、善良的幼女。——译者注
2.《李尔王》中葛罗斯特伯爵的儿子，改装后化名为“汤姆·白德兰”，继续服侍瞎眼的父亲，最后成为国王。——译者注

促成这种格调的一致性，[1]这正是演员的自我矛盾之处：一模一样而又千姿百态，那么多的灵魂汇集到一个身体里。这便是荒谬的矛盾本身：那想得到一切、经历一切的个体，那毫无价值的尝试，那无效的坚持。自我矛盾的事物总会与他相结合，正是在这时，他的身心合二为一，而已厌倦了挫败的精神转向它最忠实的同盟。哈姆雷特说："能够把感情和理智调和得那么适当，命运也无法将他玩弄于股掌之间，这样的人是有福的。"

教会怎能不去谴责演员的这样一种行为呢？她否认了这种艺术复制灵魂的异端行为、情感上的道德败坏，以及对精神的侮辱性假设，这种假设反对只过一种生活，致力于各种形式的过火行为。她还禁止他们偏爱当下时光，阻止普罗特斯[2]的胜利，它们对其所有教诲都加以否定。永恒不是一种游戏。愚蠢到喜欢喜剧胜过喜欢永恒的人已经没救了。在

---

1. 我在此想到莫里哀的阿尔塞斯特。一切都是那么简单、明了、粗俗。阿尔塞斯特反对费兰特，色利曼纳反对艾里雅特，一种极端本质的荒谬结果之中的全部主题，还有诗句本身，"糟糕的诗句"，极少会像角色本质的乏味那样被强调。（以上提到的人物均为莫里哀剧作《恨世者》中的人物。——译者注）
2. 希腊神话中的海神，可以随心变幻自己的形状。——译者注

“到处”与“永远”之间没有中间道路，由此这一备受毁谤的职业会引起一场激烈的精神论战。“要紧的，”尼采说，“不是永生，而是永乐。”实际上，所有的戏剧都是在这种选择之中。

阿德里亚娜·莱科芙露尔[3]临终时很想忏悔并领到圣餐，但拒绝放弃自己的职业，于是她没有得到忏悔的好处。这实质上不也等同于宁可选择无法抗拒的热情也不要上帝吗？而这个临终饱受痛苦的女人，含着热泪拒绝割舍自己口中的艺术，明明白白地表现出她在舞台灯光之后永远也没有达到的一种伟大。这是她扮演过的最佳角色，也是最难演的一个。在上帝与一种可笑的忠诚之间作出选择，投身于永恒还是现身于上帝，这是自古就有的悲剧，在这场剧中每个人都要扮演自己的角色。

那个时代的演员知道自己被逐出了教会，进入这个职业就等于是选择了地狱。而教会则把他们看作最坏的敌人。有些文学家抗议：“什么！拒绝为莫里哀做临终祈祷！”但那是正当的，特别是针对那些把生命结束在舞台上的人，他们在演员的装束下完

---

3. 歌剧《阿德里亚娜·莱科芙露尔》的女主角，剧本由阿图罗·柯劳替所作，是意大利作曲家契莱亚（1866—1950）最广为人知的作品。——译者注

成了自己整个被流放的人生。至于莫里哀，他是个天才，于是什么都可以原谅，但是天才又什么都不原谅，因为它拒绝这么做。

这个艺术家当时已经知道了什么样的惩罚在等着他。可是比起生活为他保留的最后惩罚，这种含糊不清的威胁又有何意义呢？前者是他提前就预感到了，并且照单全收的。对于一个演员来说，如同对于荒谬之人一样，早逝是不可避免的。什么都抵偿不了如此多数量的面孔和他穿越过的这么多个世纪。无论如何人终有一死，演员无疑是无所不在的，但席卷而过的时间同样会把他带走，留下的印记中还带有他的痕迹。

只需要一点想象就可以体会到一个演员的命运意味着什么。他正是在时间中塑造并表达着自己的角色，同样是在时间中学着掌控这些角色。体验的不同生活越多，他对之便越淡漠。他终会为了这个世界死在舞台上。曾经经历过的就在面前，他看得一清二楚，他感受到这种历险令人痛苦而又不可替代的特质。这些他都知道，现在他可以走了。年老的演员有自己的家园。

征服

“不，”征服者说，“不要以为我热爱行动我就一定会忘了如何思考。相反，我完全可以明确自己的信念，因为我坚定我的信念，并把它看得清楚明白。有人说：‘我对此太了解了，以至于难以把它表达出来了。’请当心这些人，如果他们做不到那一点，那是因为他们不了解，或者是懒得深入探索。

“我没有多少观点。在生命将要终结的时候，人发现自己花了那么多年时间，只是为了搞明白一个真理，然而如果真理是显见的，那么它足以指引一种存在。关于个体，我倒是有些话要说。而谈到个体，人们一定要直言不讳，必要时还要带上适当的轻蔑。

“比起所言之事，所隐秘之事更能凸显人的价值。我所隐秘的东西有很多，但我坚定地相信，所有那些评判个体的人，在做这方面工作时凭借的经验——作为其评判基础——比我们要少的多。智慧，那鼓舞人心的智慧或许预见到了须引起注意的东西，然而时代及时代用事实呈现给我们的毁灭与鲜血，让我们措手不及。对于古老的国度，甚至对于我们机器时代的现代国家而言，有可能去权衡社会美德与个人美德孰轻孰重，并试图发现谁应该为谁服务。首先，人心有一种顽疾，由此人或生来服务别人，或生来被别人服务；其次，社会与个人尚未展露自己的全部能力。

“我知道，许多智慧的头脑对在佛兰德斯[1]战场的血雨腥风中诞生的荷兰画家们的伟大作品大为惊异，对恐怖的三十年战争[2]中西里西亚[3]神秘主义者的祈祷惊叹不已。永恒的价值在世俗纷扰的惊异眼光中完好无损，然而自那以后便有了变化。今天的画家已丧失了这种淡定，即使他们拥有创作者需要的基本心理状态，我指的是一颗封闭的心，也无济于事；对于每个人来说，包括圣人，都被动摇了。这或许就是我感受最深之处。在战壕失败的每一种形式中，在被钢铁压碎的每一个概述、隐喻或祈祷中，永恒都输了一局。我意识到不能对自己的时间不闻

1. 佛兰德斯是西欧的一个历史地名，泛指古代尼德兰南部地区，位于西欧低地西南部、北海沿岸，包括今比利时的东佛兰德省和西佛兰德省、法国的加来海峡省和北方省、荷兰的泽兰省。1337 至 1453 年，英法两国曾为争夺它而展开“百年战争”。——译者注

2. 三十年战争（1618—1648），是由神圣罗马帝国的内战演变而成的全欧参与的一次大规模战争。——译者注

3. 中欧一地区，包括波兰西南部、捷克和斯洛伐克北部以及德国东南部。——译者注

不问，便决心成为时间不可分割的一部分。这就是我尊重个体的原因，只因他给人的印象是荒唐可笑、丧失尊严的。我知道没有胜利的事业，便爱上了失败的事业：这种事业需要一个未受玷污的灵魂，对其挫败与暂时的胜利一视同仁。对于感到自己和这个世界的命运息息相关的任何人而言，不同文明之间的冲突让人痛苦不堪。在我想要加入这个行列的同时，我便也具有了这种痛苦。在历史与永恒之间，我选择了历史，因为我喜欢确定性。至少我对它感到确信，叫我如何否定这种压迫我的力量?

“总有那么个时候，人必须在思考与行动之间作出选择，谓之成人。这种抉择的痛苦是可怕的，但对于一颗高傲的心来说，没有中间道路可走。要么是上帝，要么是时间；要么是那个十字架，要么是这把剑。这个世界有更高一层的含义，超越了它的烦恼，或者除了这些烦恼便没有真实的东西了。人必须与时间共存亡，否则就得为了一种更伟大的生活而撇开时间。我知道人们可以选择一条折中道路——生活在这个世界上，同时又相信那种永恒，这叫作接受。我厌恶这种说法，我要么想得到一切，要么就什么都不要。倘若我选择行动，不要以为我会把思考撇到一边，它给不了我所有，于是丧失了永恒的我愿与时间为伍。我不想把怀旧或苦难记在账上，我只是想看清楚一些。我告诉你，明天你也要被动摇，这对你我都是一种解放。个体什么都做不了，但他又可以做任何事情。在那样一种无所羁绊的绝佳状态，你会理解我为何要在颂扬他的同时立刻又把他打压下去。是世界摧毁了他，而我解放了他。我给了他应有的一切权利。

“征服者知道行动本身毫无益处，只有一种有益的行动，那便是改造人与地球。我永远不会去改造人，但人必须‘煞有介事’地去做。斗争的道路引我找到了肉体，即使失去了尊严，肉体也是我唯一确信的东西，我可以仅靠它生活。人本身就是我的故土，这就是我为何要选择这种荒谬而无效的努力，这就是我为何要支持斗争。正如我所说，这个时代适合于这一点。迄今为止，一个征服者的伟大仍表现在地理上，是由所征服领地的大小来衡量的。这个词的意义已发生了改变，不再表示获胜的将领，也是有原因的。伟大已变换了阵营，它体现在抗议以及走投无路时的牺牲上。同样，这也不是由对失败的偏爱造成的。人们渴望胜利，但只有一种胜利，那便是永恒。这是我永远也得不到的，这是我跌倒的地方，也是我不忍割舍的地方。革命总是针对神明的，普罗米修斯[1]是革命的鼻祖，他是第一位现代征服者。与自己命运过不去的是人自己的需求，穷人的需求只是一个借口。我只能在它的历史事件中抓住这种精神，我与它在这里相会，然而，不要以为我以此为乐：我维持着自己的人性矛盾，与本质矛盾相对。我的清醒建立在四面树敌的环境中。面对摧毁人的威胁，我高唱对人的赞歌，而我的自由、我的反抗、我的激情悉数进入了这种紧张的关系、这种清醒、这种大量的重复之中。

“没错，人是自己的终点，也是自己唯一的终点。如果他的目标是成为什么，那么这个目标一定就在他的生活之中。我非常了解这一点。征服者们有时会谈到战胜与击败，但他们的意思一直都是‘战胜自己’。你很清楚这意味着什么。某些时候每个人都会感觉自己和神是平等的，至少它是通过这种方式表现出来的，但这缘于一个事实，即他在一闪念间发觉了人思想中惊人的伟大。征服者只是这样一群人，他们十分清楚自己的能力，可以久立高处，也非常明白这种伟大。这只是一个算术问题，一个得

1. 希腊神话中的人物，因盗取天火予人而触怒宙斯，被罚锁于高加索山崖上，遭神鹰折磨，后被海格立斯所救。——译者注

多或得少的问题。征服者有能力得的多，但他们最多也只能得到人想得到的极限。因此，他们从不离开人的这副皮囊，投入那火热的革命灵魂。

“他们发现这一生灵受尽残害，但他们同样在这里邂逅了自己所爱慕的仅有的价值：人及其沉默，这既是他们的贫乏又是他们的财富。在此他们只有一种奢侈品：人们之间的感情。在这个脆弱的世界，所有具有人性并只具有人性的东西都包含一种更生动的意义，人怎么能没有意识到这一点呢？紧绷的面孔，受到威胁的手足情，人们之间这种强烈而纯洁的友谊——这些都是真正的财富，因为它们转瞬即逝。在它们中间，思想非常清楚自己的力量与局限，也就是自己的效力。有的人还说过天才这个词，但天才说起来容易，我偏向于智慧一词。可以说此时智慧是宏伟壮观的，它照亮了这个沙漠，并在此确立了自己的统治地位。它知道自己的责任，并一一加以阐释。它与这个躯体同生共死，但知道这一点它便是自由的。

“所有教会都反对我们，我们无法忽视这一事实，一颗紧张的心逃避永恒，而所有的教会，不论是神圣的还是政治的，都声称对永恒拥有权利。快乐与勇气，报应或正义，对他们而言都处于从属地位。这是他们的教义，必须服从。但我既不关心思想也不关心永恒，在我的视野内真理都触手可及，我无法与之相分离。所以你无法以我为基础建立任何东西：征服者的一切都不会持久，哪怕是他的信条。

“无论是什么，这一切的终点，便是死亡。我们也知道它能终结一切。正因为如此，遍布欧洲的坟墓都面目可憎，而且也困扰着我们当中的某些人。人们只美化自己喜爱的事物，而死亡让我们感到厌恶，磨灭了我们的耐心，可它同样是要被征服的。被囚禁在帕多瓦[1]的最后一个卡拉拉人，当这个被瘟疫洗劫一空的城池被威尼斯人围困住后，他狂呼着跑遍自己废弃的宫殿：他在召唤魔鬼，请求赐自己一死。这便是战胜死亡的一种方式，而这同样也是西方勇气的一种标志，把死亡自以为荣的地方变得丑陋不堪。在反叛者的世界，死亡赞颂的是非正义。这是最高层次的虐待。

“其他人也不加妥协地选择了永恒，谴责这个世

1. 意大利东北部城市。——译者注

界的假象。他们的坟茔在鸟语花香之中微笑。这很适合于征服者，为他描绘了一个他曾拒绝接受的清晰形象。而他选择了黑色的铁栅或义冢。上帝子民中的佼佼者有时会被一种恐惧攫住，恐惧的同时还对那些脑中有这样一种死亡印象的人表示关心与怜悯，而那些人正是从这里获得他们的理由与力量。我们的命运就在我们面前，而我们要去激发他。我们同样也会怜悯自己——更多的是由于意识到自己无能为力的处境，与自尊关系甚微，这是唯一可为我们所接受的同情：一种你或许理解不了的情绪，而且你绝不会觉得它有何刚强可言，然而感觉到其存在的却是我们当中的勇者。我们认为清醒之人才是刚强的，我们不希望得到一种与清醒撇开关系的力量。”

我重申，这些形象不夹带道德准则，不包含任何评判：它们是一些概述，只代表一种生活方式。情人、演员或冒险家都扮演了荒谬的角色，但如果他想的话，还可以扮成贞洁之人、行政人员，或者共和国首脑，扮得一样好。知道，并不加任何掩饰，便足矣。在意大利博物馆中你有时会发现被轻微涂过的挡板，那是牧师用来挡住有罪之人眼睛的，为的是不让他们看见绞刑架。各种形式的跨跃，冲入了神灵或永恒之中，屈从于平庸或是观念的幻影中——所有这些都是挡板，把荒谬挡在后面，但是也有那些没有挡板的政府工作人员，他们便是我要说的人。

我选取的是最极端的例子。从这一层面上说，荒谬赐予他们一种王权。的确，这些王子没有王国，但他们有一种优势：他们知道所有王权都是虚幻。他们知道，这是他们全部的高贵所在。对他们谈论潜在的灾祸或幻灭的烟尘，是没有用的。丧失了希望不代表绝望。大地的火焰完全可以与天国的芳香相媲美。不仅是我，谁都无法对他们作出评判。他们并非努力做到更好，他们试着做到前后一致。如果说“智者”是依靠自己所拥有的生活，而不去思考自己没有的，那么他们就可以称得上是智者。他们之中有人比任何人都更明白，“你把自己亲爱的温顺的小绵羊养得恰到好处，你绝不会因此在人间和天堂得到一种特权；你最多还是一只亲爱的有角的小绵羊，仅此而已——即使你没有虚荣自负，也没有以一个装腔作势的法官身份制造一件丑闻。”他是思想领域的征服者，知识层面的唐璜，智慧上的演员。

无论如何都有必要为荒谬的推理提供更多诚恳的例子。我们还可以想象出更多的人——与时间和流亡不可分割的人，他们同样知道如何与一个没有未来与弱点的世界和睦共处。那时，在这个没有神灵的荒谬的世界，居住的是思想清晰、停止希望的人们。而我还没有说到最荒谬的角色——创造者。

➻ 荒谬的创造

哲学与小说

所有在荒谬的稀薄空气之中维持的生活，如果没有某种深刻而恒定的思想为之灌输力量，它们是无法持之以恒的。就在这里，它只能是一种忠实的奇怪感觉。清醒之人总在最愚蠢的战争中完成自己的任务，他们不会认为自己处于矛盾之中，因为必须无所逃避。因此，在忍受这个世界的荒谬时就有一种超自然的荣誉。征服或演戏、花心、荒谬的反抗，都是人在一场未战先败的战役中向自己的尊严致敬。

这只是遵守这场战斗规则的问题。那种思想或许足够维持一种精神；它一直在支持并将继续支持全部文明。战争无法被否定，人们必须经历战争，要么就得死于战争。荒谬也是如此：关键是要与之同呼吸共命运，承认从中得到的教训，并重获其真谛。在这一点上，荒谬之极乐便是创造。尼采说："艺术，除了艺术别无他物，我们有了艺术才不至于死于真理。"

在我试图描述并要强调几种模式的体验中，各种折磨必定是此起彼伏的。对健忘的幼稚找寻，满意带来的吸引，如今已少了附和。持续的紧张状态使人一直要面对这个世界，有序的精神错乱鼓励他易于接受任何事物，而这给了他另一种狂热。在这个宇宙，艺术作品便成了保持其清醒并确定这种冒险经历的唯一机会。创造就是加倍生活。普鲁斯特式的摸索着的、急切的探求，他精心收集的鲜花、墙纸和焦虑，就意味着这种创造。同时，这种创造并不比演员、征服者及所有荒谬之人将每天生活都投入其中的持续不断而又不易察觉的创造，意义更大。所有人都想尝试去模仿，去重复，去重建属于他们的现实。我们总是在有了真理的外表时便宣告结束。一个人的所有存在如果背弃了永恒，就不过是在荒谬面具之下的超级模仿。创造是伟大的模仿。

这种人首先是知道，然后他们的全部努力便是去查验、扩大，并丰富刚在那里着陆的无望岛，但首先，他们必须得先知道，因为荒谬的发现会伴有一个停顿，那时未来的激情已准备就绪并得到证实。每个没有信条的人都有自己的橄榄山[1]，而人们不可以在自己的山上睡去。对于荒谬之人来说，这一问题不关乎阐释与解决，而关乎体验与描述。一切始于清醒的冷漠。

描述——这是一种荒谬思想的最后目标。同样，科学到达其悖论的终点时便停止提议、思考，以及描绘永远纯洁的现象风景。心灵认识到，在我们看到世界的种种面貌时愉悦我们的情感，并非来自世界的深度，而是来自世界面貌的多样性。解释是无用的，而感觉会保持着，与之一起的还有在数量上没有穷尽的宇宙所产生的不断吸引。艺术作品的地位可以从这一点上得到理解。

它标示出一种体验的终结与增殖。这是对世界已精心安排的主题的一种重复，单调乏味又充满激情，其中包括：身体、庙宇楣外饰上无穷尽的画面、

---

1. 位于耶路撒冷旧城东面，该山为犹太教和基督教的圣山。耶稣在橄榄山上度过了很多时间，教导门徒并作预言，也是耶稣被出卖后度过最后一夜的地方。——译者注

形式或颜色、数字或伤痛。因此，在这个精彩而幼稚的创造者的世界，再次邂逅本书的首要主题，作为总结，并非没有差别。如果从这个世界里看到一种象征，并且认为艺术作品最终可作为荒谬的避难所，那就错了。它本身就是一种荒谬的现象，而我们只关心对它的描述。它并不提供逃避思想疾病的方法，其实它是这种疾病的症状之一，在一个人的整个思想过程中都有所体现。它第一次让精神脱离了自身，将之与他物对立，并不是想让精神迷失，而是要明白地指给它那条所有人都已踏上的盲道。在荒谬的推理中，创造会跟随冷漠与发现，它标示出荒谬的激情爆发点，而这也是理性停止的点。创造在本书中的地位就是用这种方式被确认的。

要在艺术作品中发现关于荒谬的所有思想矛盾，只需阐明创造者与思想者共有的几个主题便足够了。实际上，与其说证明各思想相联系的是相同的结论，不如说是他们共有的矛盾。思想与创造亦然，更不消说共同的苦恼促使人们形成这两种立场，这是他们在初始时的一致之处。在所有源自荒谬的思想中，我发现极少有思想能一直保持在荒谬的范围内，而通过它们的各种偏差和变体，我能够在最大限度上判断什么是属于荒谬范畴的。同样，我必须提出疑问：荒谬的艺术作品可能存在吗？

过多强调前一种对立——艺术与哲学之间的对立——的任意性是不可能的。假如你坚持从一种有过多限制的角度来看他，肯定是错的。假如你的意思只是，这两个学科各自具有独特立场，这极有可能是真的，但语焉不详。唯一可接受的论断在于被自己的体系困住的哲学家和面对自己作品的艺术家之间的矛盾，但这适合于我们在此列为第二位的艺术与哲学的某个特定形式。把一件艺术品与其创造者分开的想法不仅已经过时，也是错误的。有人指出，与艺术家相对的是，没有哪个哲学家曾创造过多个体系。实际上，没有艺术家以不同面貌进行过多种表达，就这一点而言，该观点是成立的。对艺术所作的瞬间美化对于它的更新是必要的——只有从预先形成的观点来看这一点才成立，因为艺术作品同样是一种建构，每个人都清楚伟大的创造者能有多么无聊。和思想者的理由一样，艺术家献身于自己的艺术，并在艺术中找到自我。这种潜移默化提出了最重要的美学问题，并且，对于任何相信思想具有单一目的的人而言，没有什么比建立在方法与对象之上的那些差别更无用的了。在人们为了理解和爱而为自己设立的学科之间没有边界，它们相互串连，被相同的焦虑连接在一起。

我们有必要在开头作此说明。若想得到荒谬的艺术品，必须使思想保持最清醒的形式。同时，思想又不能太显而易见，除非是作为起调节作用的智慧。这一悖论可由荒谬来解释。艺术品的诞生是由于智慧拒绝思考具体的事物，这标志着肉体上的胜利。激起它的正是清醒的思想，而思想正是以这一行为否认自己。它不会抵挡不住诱惑而去增加那种被描述为深层含义的东西，它知道那是不合逻辑的。艺术品体现了一种智慧的戏剧，但只是间接证明了这一点。荒谬的作品需要一个艺术家和一种艺术，这艺术家意识到这些局限，这艺术中包含的确定性除了自己没有其他意味。它不可能是一种生活的终点、意义和慰藉。创造，还是不创造都不会有什么变化。荒谬的创造者不会嘉奖自己的作品。他可以否认它，有时他的确会否认它。就像兰波[1]的情况一

1. 阿尔蒂尔·兰波（1854—1891），十九世纪法国著名诗人，早期象征主义诗歌的代表人物，超现实主义诗歌的鼻祖。——译者注

样，一个阿比西尼亚[1]便足够了。

同时从这里还可以发现一个美学规则，真正的艺术品总是按照人的标准来创造的。从本质上说它展示出的东西“更少”。在艺术家总的体验与反映这种体验的作品之间，在威廉·麦斯特[2]与歌德的成熟之间，存在着某种关系。如果作品意欲在说明性文学的花边纸上展开全部体验，那么那种关系便是坏的。如果作品只是摘自体验的一小段，如钻石的一面，内部的光泽展露无余，那么那种关系便是好的。第一种情况属于超载，自负地想要达到永恒；第二种情况则使作品显得饱满，因为全面的体验含而不露，其丰富性任由人们去猜测。荒谬艺术家的问题是，他们要获得这种超越社交本领的彬彬有礼。最后，持这种立场的伟大的艺术家首先是一个伟大的生灵，生活在这种情况下被认为是体验与反思并重。因而这些作品便体现了一种思智上的戏剧。荒谬的作品表明，思想背弃了它的威信，心甘情愿地成为逐步建立外表并为无理性之物包装形象的思维。如果世界是清晰的，那么艺术就不会存在。

---

1. 埃塞俄比亚旧名。兰波在这里度过了人生的大部分时间。——译者注
2. 歌德的长篇小说《威廉·麦斯特的学习时代》的主人公。——译者注

这里我谈的不是形式或色彩艺术，对于那种艺术，只有最质朴的描述才能占据上风。[1] 思想结束了，表达就会开始。那些被人们置于庙宇和博物馆中的眼窝空空的青少年，他们的哲学已经用肢体表达出来。对于一个荒谬的人来说，这比所有图书馆都更具教育意义。另一方面，同样的情况也适用于音乐。如果说有一种艺术是没有教育意义的，那肯定是音乐。它与数学的关系太近了，无法借用数学的无凭无据。精神根据已确定的精确规则与自己玩了一场游戏，这游戏就发生在我们可接收的声波范围内，超出这个范围，就会振动，就发生在非人性的宇宙中了。再没有比这更纯粹的感觉了。这些例子都过于简单，荒谬之人会把这些协调性和这些形式都当作自己的。

但这里我还要说到一种作品，对于这种作品而言，解释的诱惑仍是最大的，错觉会自动现身，而结论几乎是必不可少的。我指的是小说创作。我计

1. 奇怪的是，绘画中最需要理解力的一种，说到底只是一种视觉享受，它试图将现实还原为它的本质元素。它所保留的世界只有颜色。（这一点在雷捷身上表现得特别明显。）

雷捷（1881—1955），色彩立体派的代表。——译者注

划探询一下荒谬能否在这里扎根。

思考首先就意味着创造一个世界（或者说限制自己的世界，其实指的是同一件事）。它从把人与其体验相分离的基本的一致性出发，目的是按照人对旧事的怀恋发现一个共同点，一个用理性设限或者说由怀旧点亮的宇宙，但不管怎样，这个宇宙提供了一个机会以取消那种不堪忍受的分离。一个哲学家，即使他是康德，也是一个创造者。他有自己的性格、自己的标志、自己的秘密行动。他有自己的故事结局。相反，位于诗歌与散文之上的小说，不看表面，它所作的榜样只是代表了一种更伟大的艺术理智化。关于这一点不可出现半点差池；我指的是最伟大的。一种文学形式的积淀与重要性常常是由它所包含的糟粕来衡量的。我们一定不能因为那么多糟糕的小说而忘记了最佳小说的价值。实际上，那些作品都拥有自己的宇宙。小说拥有自己的逻辑、自己的推理、自己的直觉和自己的假设。它同样还有自己对明晰性的要求。[1]

---

1. 假如你停下来想一想，这其实解释了最糟糕的小说。几乎所有人都认为自己具备思考的能力，而从某种程度上说，无论对错，大家的确都

以上所述的经典对立在此特殊例子中被阐释得更少。假如容易把哲学与其作者分开的话，那么它会保持在时间里。如今，思想不再主张普遍性，最好的历史或许要算它的悔恨史，于是我们知道了，这种体系如果有用的话，是不会和其作者相分离的。伦理学，从某一方面说，只是一段详尽的长篇个人自述。抽象的思想最终回到了支撑自己的肉体。同样，身体与激情的虚构活动更多是按照这个世界的某个幻象之要求来调控的。作家停止了讲“故事”，开始创造自己的宇宙。最伟大的小说家是哲学小说家，恰是论文家的对立面。略举几个例子，如巴尔扎克[1]、萨德[2]、梅尔维尔[3]、司汤达[4]、陀思妥耶夫斯基、

（接上页）在思考，但几乎没有人会设想自己是诗人或语言大师。从思想胜过风格的那一刻起，人们一窝蜂地侵入了小说的领域。

这并没有人们所说的那么致命。最好的会在引导下对自己提出更多严苛的要求，至于那些屈服的人，他们就不该存在。

1. 巴尔扎克（1799—1850），法国小说家，他的总标题为《人间喜剧》的巨著包括小说九十一部，反映了法国社会剧烈变革时期的现实生活，描绘了法国的人情风俗。——译者注
2. 萨德（1740—1814），法国作家，军人出身，著有长篇小说《美德的厄运》《朱莉埃特》等。——译者注
3. 梅尔维尔（1819—1891），美国小说家，作品多反映航海生活，富于现实感，代表作有《白鲸》《皮埃尔》等。——译者注
4. 司汤达（1783—1842），法国小说家，十九世纪法国现实主义文学的

普鲁斯特、马尔罗[1]、卡夫卡[2]。

他们对用形象而非推理性论断来写作表现出偏爱，但事实上，这揭示出他们所共有的某种思想，他们确信，任何解释原则都是无用的，而可感知的外表传达出具有教育意义的信息。他们把艺术作品既当作终点，又当作起点。它是一种常常不明说的哲学之结果，是对这种哲学的阐释，是这种哲学的极致，但只有将这种哲学暗含其中才算圆满。有极少一部分思想会使一种旧题的变体远离生活，大多思想则会使这种主题无奈地接受生活，而艺术作品最终证实了这种变体的合理性。思想无法完善现实，于是便中途暂停开始模仿它。我们所说的小说是那种既有关联又取之不尽的知识之工具，正如爱的工具一般。关于爱，小说创作具有原创的精彩与丰富的思想。

（接上页）先驱，代表作有《红与黑》《巴马修道院》等。——译者注

1. 马尔罗（1901—1976），法国作家、政治活动家，戴高乐的追随者，著有长篇小说《征服者》《人类的命运》等。——译者注

2. 卡夫卡（1883—1924），奥地利小说家，现代派文学的先驱，作品象征着二十世纪的忧虑和渗透于西方社会的异化，著有长篇小说《判决》《城堡》等。——译者注

这些至少是我一开始从中发现的魅惑。我同样在那些拥有耻辱思想的佼佼者中发现了这些，后来我便见证了这些人的自杀。实际上，我感兴趣的是去了解并描述把他们带回到幻觉之普遍道路上的力量。在此同样的方法会最终帮我一把。我已经运用过这种方法，于是我便可以缩短论述，用一个特殊的例子马上加以总结，不必在某个特定的例子上耽搁太久。我想知道，如果一个人接受了无所欲求、无所诉求的生活，那么他能否同样愿意无所诉求地去工作和创造，还有，通向这些自由的方法是什么。我想释放我的宇宙中的幽魂，并且只让有血有肉的真理居住其中，我无法否认这些真理的存在。我可以从事荒谬的工作，选择创造性的立场而非其他，然而一种荒谬的立场必须对其无凭无据保持清醒，倘若它有这种意愿的话。艺术作品的情况亦然。如果荒谬的诫律没有得到尊重，如果这一作品没有阐明分离与反抗，如果它崇尚幻象，激起希望，那么它就不再无凭无据了。我无法再让自己离开它。我的生活或许可以从中发现一种意义，但那只是微不足道的。它不再是超然与激情中的行为，为一个人生活中的辉煌与徒劳加冕。

在那种对解释的诱惑最为强烈的创造中，人能抵挡住诱惑吗？在那虚构的世界中，对现实世界的意识是最敏锐的，我能忠实于荒谬而不屈服于那种想作评判的欲望吗？有那么多问题要包含进最后的考虑中来，而其所指也肯定已经弄清楚。这些问题是对一种意识的最后顾虑，这种意识害怕为了一种最终的幻觉而放弃自己初始的艰难教训。适用于创造的，被认为是意识到荒谬的人可能持有的一种立场，那也同样适用于他可以选择的所有生活方式。征服者或演员，创造者或唐璜，或许已忘记，自己在生活中的所作所为无法离开对其疯狂特性的了解。人很快就能适应。一个人想通过赚钱获得幸福，于是他的全部努力和生活的精华部分都用来赚钱。幸福被遗忘了；赚钱是为了生命的终结。同样，那位征服者的全部努力可以转化为雄心壮志，这只是更伟大的生活之路。唐璜同样会转而服从于自己的命运，满意于那种只有通过反抗才能获得有价值之高贵的存在。对一个人来说这是意识，而对另一个人来说便成了反抗；在两种情况下荒谬都消失了。人心中有太多顽固的希望，最穷困之人最后常常会接受幻觉。这种因需要内心平和而激起的认可与有关存在的赞同相当。因而便出现了光芒四射的神和泥塑的偶像，然而我们有必要找到一条通往人之多面性的中间道路。

至此，关于它是什么，荒谬之危急关头的一次次失败已给了我们最好的答案。当我们得知答案时，同样也会注意到，小说创作可以表现出同某些哲学一样的含糊性。因此我可以选择一种包含一切表示荒谬意识的事物的作品以作说明，有一个清晰的起点和一个清醒的思想态度，其结果必将给我们以启发。倘若荒谬在其中未得到重视，那么我们就可以知道幻觉靠什么趁虚而入了。一个特例，一个主题，一个创造者的忠诚，对他们就足够了。更加细致的相同分析也包含其中。

我要查验陀思妥耶夫斯基最爱的一个主题。我也可以研究其他作品，[1]但是关于已讨论过的存在哲学，这部作品从高尚与情感的意义上直接探讨了问题。这种一致性恰合我的目的。

1. 如马尔罗的作品。但实际上，同时也有必要论述无法被荒谬思想所忽视的社会问题（即使这一问题可以提出若干彼此差别很大的解决办法）。然而，人必须要限制自己。

基里洛夫

陀思妥耶夫斯基的所有主人公都问自己同一个问题 ——生活的意义问题。由此看出他们都很现代：他们不害怕荒唐。当代情感与传统情感的区别就是，后者在道德问题上收获颇丰，而前者则是形而上学的问题。在陀思妥耶夫斯基的小说中，这一问题的提出饱含强烈的感情，以至于只能采用极端办法解决。存在是虚幻的，或者说它是永恒的。假如陀思妥耶夫斯基满意于这种探寻的话，他便成了一位哲学家，然而他阐明了这种思维上的消遣在人的生活中可能产生的结果，就此而言，他是一名艺术家。在那些结果中，他的注意力尤其被最后的结果所俘获，这一结果在他的《作家日记》中被称为合乎逻辑的自杀。在1876年12月的日记中，他设想了“合乎逻辑的自杀”的合理性。这个绝望的人已经确信，存在对于任何不相信永生的人而言，都是一种绝对的荒谬，于是他得出以下结论：

“因为在回答我关于幸福的问题时，以我的意识为媒介，我被告知说，除非是与伟大的一切和谐相处，否则我是不会幸福的，而这是我无法想象的，我也永远不会想象到，那么显然……”

“因为，最终在这种联系中，我既充当了原告的角色，也充当了被告的角色，既充当了被控者的角色，也充当了法官的角色；因为我认为这出自然所导演的喜剧愚不可及；因为我甚至觉得让我屈尊去演绎是一种耻辱……”

“以我无可指责的原告与被告、法官与被控者的身份，我谴责自然，它厚颜无耻，把我带到世间就是为了受苦——我诅咒它和我一起毁灭。”

这种立场尚存一丝幽默。自杀者之所以结束自己的生命，是因为他在形而上学的层面被惹恼了。从某种意义上说，他是在复仇。他用这种方式证明自己“不会被拥有”，然而我们知道，在《群魔》的基里洛夫身上体现出相同的主题，只是用了最精彩的概述方式，这部作品同样是提倡合乎逻辑的自杀。工程师基里洛夫在某处宣称，他要结束自己的生命因为这“是他的意念”。显然必须从其本来意义上看这个词，它指的是一种想法，一种思想，这思想就是，他为死作好了准备。这是一种高层次的自杀。在基里洛夫的脑中逐渐闪现出一系列的画面，其中就有驱使他的那种致命意念，该意念渐渐显露在我们面前。事实上，这个工程师回到《日记》的论断中来。他感觉上帝是必不可少的，而他必须存在下去，但他知道，他不会也不能存在。他惊呼道："你为何没有意识到，这是自杀的充分理由呢？"这一态度对他来说同样包含了某些荒谬的结果。由于淡漠，他同意让他的自杀为自己所鄙视的一项事业所用。"我昨晚下定决心，我不在乎。"而最终他的行为中带有一种反抗与自由相混合的感情。"我要结束自己的生命，为的是坚定我的不屈，和我全新而又可怕的自由。"这已不再是复仇问题了，而成了反抗问题。因此基里洛夫是个荒谬的角色——但还有一种不可或缺的保留：他自杀了。他自己解释了这一矛盾，解释的方式使他同时暴露了最纯粹的荒谬之秘密。事实上，他又为其致命的逻辑平添了一份企望，这便全方位展现了这一角色：他想要自杀以成为神。

这种逻辑具有传统的明晰性。如果上帝不存在，基里洛夫就是神；如果上帝不存在，基里洛夫必须自杀。因此基里洛夫必须自杀才能成为神。这种逻辑是荒谬的，但也是必要的。然而有趣的是要为那种被带到世上的神明赋予意义，这就等于是澄清这一前提："如果上帝不存在，我就是神，"但仍是晦涩不明。一开始我们就要注意到，夸耀这种疯狂宣言的人确实属于这个世界，这一点很重要。为保持健康，他每天早上锻炼身体；他为查托夫找回妻子时的喜悦而感动。他死后，人们在一张纸上发现了他画的一张脸，正对“他们”吐着舌头。他稚气未脱、性情暴躁、饱含热情、神经过敏、做事有条不紊。说到超人，他只具有超人的思维与沉迷，却有人的全套特征，而平静谈论自己的神性的正是他。他没疯，要不然就是陀思妥耶夫斯基疯了。因此，刺激他的不是一种妄自尊大的幻觉，而在此例子中取词句的具体意义会显得荒唐可笑。

基里洛夫自己也在帮助我们理解。他澄清说自己不是在谈论一个神人，这算是对斯塔夫罗金所提问题的回应。或许人们会认为，这是出于把自己与基督区别开来的考虑，但事实上这是一个将基督归为己有的问题。实际上，基里洛夫一度想象，耶稣死后并没有升入天堂，于是他发现自己所受的折磨都白费了。这个工程师说：“自然法则让基督生活在谎言之中，并且为了一个谎言死去。”只是从此意义上说，耶稣才是整部人类戏剧的化身。他是完整的人，是意识到这种最荒谬状态的人。他不是神人，而是人神。我们每个人都像他一样，会被钉在十字架上，会代人受过——只是在某种程度上。

因此，我们所谈的神明完全是人间的。基里洛夫说：“三年来我一直在找寻我的神明有何特性，我最终找到了。我之神明的特性便是独立。”这就可以看出基里洛夫的前提——“如果上帝不存在，我就是神”——有何意义了。成为神仅仅意味着在这个地球上获得自由，而非一个永生的存在效力。当然最重要的是，它是从那种痛苦的独立中作出所有推断的。如果上帝存在，那么一切便有赖于他，我们便无法做任何有悖于他的事。如果他不存在，一切便都取决于我们。对于基里洛夫而言，正如对于尼采而言，杀死上帝便是使自己成为神，便是在这个地球上实现福音书中所说的永生。[1]

可是，如果这种抽象的犯罪足够一个人达到圆满，为何还要自杀呢？为何在赢得自由后又要结束生命，离开这个世界呢？这是矛盾的。基里洛夫非常清楚这一点，因为他补充说：“如果你感觉到那个，你就是一位沙皇，你非但不会自杀，反而会荣耀一

1.“斯塔夫罗金：‘你相信在另一个世界中的永生吗？’基里洛夫：‘不相信，但我相信在这个世界里的永生。’”

生。”但是一般人不会知道，他们不会感觉到“那个”。在普罗米修斯时代，他们怀有盲目的希望。[1] 他们需要有谁给自己指明道路，并无法离开布道。因此，基里洛夫肯定是出于对人性的爱而自杀，他必定为自己的教友指明了一条忠实而艰难的道路，而他是开路者。这是一种教学式的自杀，而基里洛夫作了自我牺牲。可是如果他被钉上十字架，他不会是代人受过。他仍然是人神，确信一种没有未来的死亡，被灌输入福音书式的忧郁。他说：“我不快乐，因为我必须维护我的自由。”可一旦他死了，人们也最终摆脱了无知，那时这个世界上将遍地沙皇，要由人性的光辉去照亮。基里洛夫的那声枪响将成为最后一场革命的信号，所以促使他走向死亡的不是绝望，而是为了自己对邻居的爱。一种无法形容的精神历险终结于血泊之中，基里洛夫死前说了一句与人类的苦难一样古老的话：“一切安好。”

那么，陀思妥耶夫斯基作品中的这种自杀主题的确是一种荒谬的主题。继续论述之前，我们只需注意，基里洛夫又化为其他人物，而这些人物自己

1. “人创造了上帝只是为了不至于自杀。这是对到这一刻为止的普遍历史所作的总结。”

又论及其他荒谬的主题。斯塔夫罗金和伊万·卡拉马佐夫在实际生活中实践了荒谬的事实，他们是因基里洛夫的死而获得解放的人，试着用自己的能力成为沙皇。斯塔夫罗金过着一种“讽刺”的生活，至于在哪一方面我们已清楚。他激起了周围人对他的反感，而理解这一人物的关键在于他的道别语：“我还没能让自己对什么产生厌恶。”他是一个淡漠的沙皇。伊万同样通过拒绝妥协而成为精神的忠实力量。对于那些和他兄弟一样，用自己的生活证明有必要羞辱自己以得到信念的人，他回答，这种状态是可耻的。他关键的一句话是“一切都是被允许的”，带有一些得体的忧郁色彩。当然，和尼采这一最有名的行刺上帝者一样，他最终疯掉了，但还是值得冒这个险的，而面对这种悲剧的结局，荒谬精神中的本质冲动会问：“这证明了什么呢？”

因此，陀思妥耶夫斯基的小说，比如《日记》，提出了荒谬的问题。它们为死亡、欣喜、“可怕的自由”创造了逻辑，沙皇的荣耀变得人性化起来。一切都好，什么都被允许，没有可恶的东西——这些是荒谬的判断。但这又是多么惊人的创造啊，其中的火与冰等创造物对我们来说是那么熟悉。这个激情四射的冷漠世界——冷漠在它们内心深处轰鸣，对于我们来说根本就不恐怖，我们在其中发现自己每天都有的焦虑。或许没有人像陀思妥耶夫斯基那样，赋予这个荒谬的世界那样熟悉而又折磨人的魅惑。

但是他的结论是什么呢？有两段话表明了完全抽象的逆转，这引导了作者收获新的启示。那个采取了合乎逻辑的自杀行为之人的论断激起了批评者的抗议，而陀思妥耶夫斯基在以下的《日记》部分详述了此人的立场，并且这么总结道："如果对永生的信任对人类十分必要（以至于没了它人就要发展到自杀），那么它必定是正常的人性状态。鉴于此，人类灵魂中的永生无疑是存在的。"然后在他最后一部小说的最后几页，在与上帝之间那种宏大的搏斗最后，几个孩子问阿辽沙："卡拉马佐夫，宗教说的是真的吗，我们会死而复生，我们还会重逢？"阿辽沙回答："当然，我们还会重逢，我们会高兴地告诉对方都发生了什么事情。"

于是基里洛夫、斯塔夫罗金，还有伊万都输了。《卡拉马佐夫兄弟》对《群魔》回答。而这确实是一个结论。阿辽沙的话没有梅什金公爵[1]的话含糊，后者生活在永远的现在中，略带微笑与冷漠，而这种幸福的状态或许正是公爵所说的永生。相反，阿辽沙清楚地说："我们会重逢。"不再有自杀和发疯的问题，对于确信永生及其带来的愉悦的人来说，有什么用呢？人用自己的神性换来了幸福。"我们会高兴地告诉对方都发生了什么事情。"于是基里洛夫的枪声再一次回响在俄国的某个地方，然而世界仍在珍视自己盲目的希望。人们无法理解"那一点"。

因此，向我们娓娓诉说的不是一个荒谬小说家，而是一个存在主义小说家。这一跨跃同样动人，并且为激发自己的艺术赋予了高贵的气质。这是一种激动人心的默许，受到怀疑、不确定和热情的严重影响。陀思妥耶夫斯基在谈到《卡拉马佐夫兄弟》时写道："本书自始至终贯穿的一个主要问题就是我一生都有意识或无意识地深受其折磨的问题，那就是上帝的存在。"难以置信的是，一部小说便足以将一生遭受的苦痛转化为令人愉快的确定性。某评论

---

1. 陀思妥耶夫斯基小说《白痴》中的主人公，即书中的"白痴"。——译者注

员[1]准确地指出，陀思妥耶夫斯基站在伊万一边，积极乐观的章节耗费了三个月的工夫，而他所称的“亵渎行为”只用了三周便在一种兴奋的状态中写就。他的人物没有一个不带那种肉中刺，没有一个不使之恶化，没有一个不在情感与非道义中寻求补救方式。[2]无论如何，让我们保留这一疑问。这里涉及的作品在对比下显得比白昼的阳光还要耀眼，这可以让我们把握人与其希望间的斗争。到达终点后，创造者会作出对其人物不利的选择。而这种矛盾可以让我们作出一个区分，这里所论及的不是一部荒谬的作品，而是一部提出荒谬问题的作品。

陀思妥耶夫斯基的答复是屈辱，用斯塔夫罗金的话说就是“羞耻”。相反，荒谬的作品不会给出答复；这便是全部差异所在。在最后我们要特别注意这一点：在这部作品中与荒谬产生矛盾的不是其基督徒的特性，而是它对一种未来生活的昭示。既信仰基督又表现出荒谬，这是可能的。基督徒不相信未来

1. 俄国的乐评家席洛兹。

2. 纪德的评论古怪而又尖锐：几乎陀思妥耶夫斯基笔下的所有英雄都是一夫多妻。纪德（Andre Gide，1869—1951），法国作家、文艺评论家，曾获1947年诺贝尔文学奖。——译者注

生活的例子是有的。因而对艺术作品来说，应当可以确定一种荒谬分析的方向，而这也应该能从前几章中预见到。它促进了“福音书之荒谬性”的提出，阐明了确信并不妨碍怀疑这一观点，影响颇丰。但是显然，《群魔》的作者尽管熟悉这些套路，最后还是选择了一条极其不同的道路。这个创造者对其人物的回答，也就是陀思妥耶夫斯基对基里洛夫的回答，让人大吃一惊，实际上该回答可以总结为：存在是虚幻的，也是永恒的。

昙花一现的创造

我于是从这一点意识到，无法永远回避希望，希望甚至可以困扰那些想要摆脱它的人，这是我在此讨论的作品中发现的兴趣所在。至少在创造的领域内，我可以列举一些真正荒谬的作品。[3] 然而凡事必有一个开端，此论述的对象是某种忠实性。教会对异教徒一直都严酷无情，只因她认为没有比一个

3. 例如梅尔维尔的《白鲸》。

误入歧途的孩子更糟糕的敌人了。有关诺斯替教派[1]厚颜无耻的记录与摩尼教[2]坚忍不拔的精神，比所有的祷文对建立正统教义的贡献都要大。在一定程度上，同样的情况也适用于荒谬。人们认清自己的路线是通过发现背离路线的路径。在荒谬推理的最后，从其逻辑所持有的一种立场看，这问题不是对又扮上自己最动人伪装的希望表现得无动于衷的问题。这显示出荒谬的禁欲行为之艰难，尤其是显示了时刻保持警觉的必要性，并因此确认了本书的大体框架。

如果说列举荒谬的著作仍为时尚早，但至少可以针对创造性的立场得出一个结论，这是一个可以让荒谬的存在达到圆满的结论。消极的思想更能满足艺术的要求，理解一部伟大的作品必须看到其灰暗与耻辱的部分，正如认识白就要知道黑一样。用泥去雕塑，“徒劳”地去工作和创造，知道自己的创造没有未来，眼见自己的作品毁于一旦，同时又意

1. 诺斯替教（Gnosticism）是基督教异端派别，是罗马帝国时期在地中海东部沿岸各地流行的许多神秘主义教派的统称。——编者注
2. 摩尼教（Manichaeism）是三世纪在巴比伦兴起的世界性宗教。一般认为，摩尼教主要吸收犹太教、基督教等教义而形成自己的信仰。——编者注

识到，从根本上说，这同矗立了几个世纪的建筑一样无关紧要——这是荒谬思想好不容易认可的智慧。否定一个，放大另一个，同时执行这两个任务，是向荒谬的创造者打开的道路。他必须赋予虚无以颜色。

这促成了对艺术品的一种特殊构想。一位创造者的作品常常被当作一系列孤立的见证，于是艺术家与作家困惑不已。一种深刻的思想一直处在“形成”的状态中；它吸收了一种生活的体验，并表现出它的形态。同样，一个人唯一的创造在其后续多样的面貌——作品——中得到强化。这些作品接二连三地出现，相互补充，相互纠正或相互赶超，也相互矛盾。如果说有什么会结束一种创造的话，那它不是失明的艺术家胜利而虚幻的呼喊:“我已尽言”，而是创造者的死亡，他关闭了自己的体验，合上了关于自己的天才之书。

那种努力，那种超人的清醒头脑不一定对读者显而易见。人类创造中没有奥秘，意愿完成了这一奇迹，然而至少没有无秘密的真正创造。诚然，接连不断的作品只是同一种思想的一系列相似品，但还有可能设想另一种创造者，他们并肩前进。他们的作品之间似乎没有什么关联，从某种程度上说还是相互矛盾的，但如果整体来看的话，便显示出其本质上的同类性。例如，它们都从死亡中获取确定性的意义，都从其作者的生活中得到最明亮的光。在作者去世的那一刻，他一系列的作品便只是一堆败笔。可是如果这些败笔之间产生了共振，那么创造者就成功复制了自我状态的形象，从而空气中便回荡着被他占有的毫无意义的秘密。

在此，为取得支配地位已付出了巨大的努力，然而人类的智慧则要大的多，它只会清楚地指明由意志控制的那一面创造。我在其他地方已经指出了一个事实，那就是人类的意志除为了保持清醒外别无他图，但这也无法离开锤炼。在有关耐心与清醒的练习中，创造是最行之有效的，它同样也惊人地证明了人类仅有的尊严：对自身状况的不屈反抗，锲而不舍于一种所谓无果的努力。这需要每天的努力，对自我的克制，对真理局限性的准确估计，分寸与实力。这就是禁欲，为了重复与标注时间，一切都是“徒劳”。或许伟大的艺术品本身没有那么重要，其重要之处在于它期待一个人承受的苦难，在于它为这个人所提供的克服自身幻觉并一步步靠近自己赤裸裸的现实的机会。

不要在美学上出错。我在此并非要求，一篇论文要不厌其烦地探询，不断地进行无果的阐述。如果你清楚地理解了我的论述，你会发现我的要求恰恰相反。论述小说是一种想要证明什么的作品，是最惹人厌恶的那种，它经常是由一种自以为是的思想激发而成。你会论证那种确信自己占有的真理，而那些只是人们提出的观点，是与思想相对的。其创造者是那些自惭形秽的哲学家。相反，我所说的或者我所想象的那些人，他们是清醒的思想者。在思想对自己置之不理的时刻，他们高举自己作品的形象，正如一种受到限制而又充满反抗精神的致命思想的显著标志。

或许他们证明了什么，可是那些证明是小说家为自己而不是为整个世界提供的。最重要的是，小说家应该在具体事物中取得胜利，这是他们的高贵所在。让种种抽象的力量在其中蒙羞的思想，已经为他们准备好了这种完全的肉体上的胜利。当他们完全如此的时候，肉体便会同时让创造散发出自己所有荒谬的光辉。毕竟，讽刺性哲学家创作充满激情的作品。

任何弃绝一致性的思想都颂扬多样性，而多样性是艺术的归宿。唯一使精神得到释放的思想是不去打扰它的思想，这思想明确它的限制与行将到来的结局。没有什么理论学说能对它产生诱惑，它静候着工作与生活的成熟。如果作品脱离了精神，它就会再一次用一种近乎低沉的声音表达一种永远没有希望的灵魂。或者，假如厌倦于自我行为的创造者意欲转身而去，它便什么也不会表达。这是对等的。

于是我期望从荒谬的创造中获取我从思想中得到的东西 ——反抗、自由和多样性。不久它就会彰显出自己完全的无用性。在日复一日的努力尝试中，智慧与激情相互结合，相互取悦，而荒谬之人从中发现了一种可使其实力最大化的锻炼方式。于是必需的勤奋、顽强与清醒类似于征服者的立场。创造就像是赋予一个人的命运以一种形状，对于所有这些人物而言，作品对他们的定义至少不亚于他们对作品的定义。演员教给我们：在“是什么”与“表现为什么”之间没有界线。

我要重申，所有这些都没有什么实际意义。在通往自由的过程中仍有一段路要走，对这些相互联系的头脑（不管是创造者还是征服者）所作的最后努力，就是把他们也从自己的事业中解脱出来：做到承认那作品，不论是否是征服、爱情或创造；使任何个体生活都达到完全无用这一圆满结果。实际上，那在作品的完成上给予了他们更多的自由，正如开始意识到他们被赋予的这种生活的荒谬性，从而不遗余力地投入其中。

剩下的就是命运了，其唯一的出路是致命的。在死亡这种单独的致命性以外，一切都是自由，毋论是喜悦还是快乐。这个世界仍是人主宰的世界，对他形成限制的是对另一个世界的幻觉。其思想的结果不再是自我否定，而是开出形象的花朵。它只是在嬉戏——肯定是在虚构之中，然而这些虚构除了人类忍受的痛苦外没有其他深度，而且同人类的痛苦一样没有穷尽。不是从供人消遣并蒙蔽人心的神话传说中，而是从人间的面孔、姿态及戏剧中，可以总结出一种艰难的智慧与短暂的热情。

↣ 西西弗斯[1]神话

众神判处西西弗斯永不休止地把一块大石头滚上山顶，到了山顶石头又在自身重量的作用下滚落下去。他们的理由是，再没有比看不到希望的徒劳更可怕的惩罚方法了。

如果你相信荷马的话，那么西西弗斯便是凡人中最聪明、最审慎的一个。在另一个传说中，他又被安排去扮演拦路强盗的角色。这里我没发现什么矛盾，而关于他是怎么成了地狱里只能做无用功的

---

1. 罗马神话中的人物，他是科林斯的建城者和国王。希腊古时的暴君，死后坠入地狱，被罚推石上山，但石在近山顶时又滚下，于是重新再推，如此循环不息。——译者注

苦力，众说纷纭。首先，有指责说他怠慢了诸神，窃取了他们的机密。伊索普斯[1]的女儿伊琴娜被朱庇特[2]劫走，父亲对女儿的失踪大为震惊，便向西西弗斯诉怨。西西弗斯知道这起绑架的原委，便主动告诉了他，但有一个条件，就是伊索普斯要为科林斯堡供水。比起天火雷电，西西弗斯更喜欢水带来的恩泽。为此他被罚下地狱。而荷马告诉我们，西西弗斯用锁链缚住了死神，普路托[3]无法忍受地狱的荒凉、落寞，便派战神去把死神从她的征服者手里解救出来。

还说，西西弗斯临死前，突然想考验一下妻子对他的爱，便命妻子不要埋葬自己的尸体，而是把它扔到公共广场的中央。西西弗斯在地狱醒了过来。在那里他要处处服从，与他在人间享受的爱完全不同，使他饱受困扰，于是他从普洛托那里获准重回人间去惩戒自己的妻子。可是当再一次见到这个世界的面貌时，他享受着阳光的照耀和水流的滋润，

1. 罗马神话中的河神。——译者注

2. 罗马神话中的人物，天空的统治者，部分神和人间英雄的父亲。——译者注

3. 罗马神话中的人物，地狱的统治者。——译者注

还有那温暖的石头和大海，再也不想回到那黑暗的地狱了。来自地狱的召唤、怒气、警告都无济于事。他面对蜿蜒的海湾、闪光的海水、微笑的大地，又在人间生活了多年。诸神是时候采取措施了。于是墨丘利[1]来了，他抓住这个无耻之人的衣领，将他从快乐中拽了出来，强行把他带回了地狱，在那里巨石已为他备好了。

你已经看明白了，西西弗斯是荒谬的英雄。他的激情和他的痛苦成就了这个英雄人物。他对诸神的蔑视、对死亡的痛恨、对生活的热情为他带来了那不可言状的惩罚——运用全身心的精力去完成无用功。这是世俗的热情必须要付出的代价。关于西西弗斯在地狱的事情我们一无所知。神话都是用想象吹活的，至于这个神话，人们看到的只是一个人的全部劳作，他费力抬起一块巨石，然后滚动巨石，成百上千次把它推上一个斜坡；人们看到的是一张拧紧的脸，面颊紧贴着石头，肩膀撑着沾满泥土的大石块，双脚插入土里，每迈出新的一步双臂都要伸展拉伸，人身安全只有靠那双沾满泥土的手来保障。

1. 罗马神话中的人物，众神的使者，商业、发明之神，盗窃的守护神。——译者注漫长劳作的最后是紧贴头顶的天空和没有边际的时间，此时目标便达成了。然后西西弗斯看着石头冲下山去，没一会便到了下面的世界，从那里，他又得重新把石头推上山顶。他又回到了平地。

正是这种往返、停歇，使我对西西弗斯产生了兴趣。那张磨炼得如石头般的脸已然成了石头。我看着这个人走回山下，迈着沉重而稳健的步伐，走向一种他永远不知道终点的折磨。这段喘息时间和他所要遭受的折磨一样，定时回来，这便是意识的时刻。每当他走下山顶，慢慢陷入众神的巢穴，他都高过自己的命运，强于那块巨石。

如果说这个神话是个悲剧，那是因为它的主人公是有意识的。如果他每迈一步都充满了胜利的希望，那么何谓对他的折磨呢？今天的劳动人民每天都在完成同样的任务，这种命运堪称荒谬，但是只有到了意识出现时（这种情况很少出现），它才是悲惨的。西西弗斯是众神的无产者，手无缚鸡之力，心有反抗精神，他完全明白自己的悲惨处境；这正是他下山期间所思考的。清醒的头脑是他痛苦的原因，但同时也加冕了他的胜利。没有轻蔑征服不了的命运。

因此，倘若走下坡路时可以充满悲伤，那么也可以充满欢乐。这话并不过分。我想象着西西弗斯走向他的石头，悲伤开始酝酿。如果大地的形象深深地刻入记忆，如果快乐的召唤已十分迫切，那么悲伤在心中郁积：这便是石头的胜利，这就是那个石头。无尽的忧伤难以承受，这就是我们的客西马尼[1]之夜。然而雄辩的真理一旦被认识就要幻灭。因而俄狄浦斯[2]在起初不知情的时候是服从于命运的，而从他知道的那一刻起，他的悲剧便开始了。同时，失明而又绝望的俄狄浦斯意识到，联系他与这个世界的唯一纽带是一个女孩冰冷的手臂。于是便有了一段掷地有声的精彩话语："尽管历经种种磨难，我年事已高，灵魂高尚，这让我最终发现，一切安好。"所以说索福克勒斯[3]的俄狄浦斯，同陀思妥耶夫斯基

1. 客西马尼园，福音书中所说的耶稣被犹大出卖而被大祭司抓捕前所在的地方，位于橄榄山下。耶稣在此作了最后的祷告，而门徒此时都在沉睡。——译者注
2. 希腊神话中忒拜的国王拉伊奥斯和王后约卡斯塔的儿子，他在不知情的情况下，杀死了自己的父亲并娶了自己的母亲。得知真相后，俄狄浦斯刺瞎了自己的双眼，在安提戈涅（他与母亲所生的女儿）的牵引之下漂泊四方。——译者注
3. 索福克勒斯（约公元前496—公元前406），雅典人，雅典三大悲剧

的基里洛夫一样，都给出了荒谬胜利的法则。先贤的智慧肯定了现代的英雄主义。

人们要发现荒谬，就肯定要忍不住写一本幸福指南。“什么！用这种狭隘的方式？……”然而，只有一个世界，快乐与荒谬是同一块土地的两个儿子，是不可分的。如果说要得到快乐就必须发现荒谬，那就错了，同样地，说荒谬来自于快乐，也是不正确的。俄狄浦斯说“我觉得，一切安好”，这一说法是神圣的。它在荒芜而有限的人类宇宙间回响，告诫人们一切都没有耗尽，从来就没有耗尽过。一个神带着不满与对无效痛苦的偏爱进入这个世界，而它把这个神驱逐了出去。它还把命运变成了一种人的事情，必须在人中间得到解决。

西西弗斯所有静默的快乐都包含其中。他的命运属于他自己，他的石头受他左右。同样，当荒谬的人思考自己的痛苦时，他令所有被人膜拜的偶像都哑然失声。在这个突然间恢复沉寂的世界，大地上无数游荡的细微声音纷纷升起。来自所有面孔的无意识的、秘密的召唤、诱惑，它们是胜利必然付

（接上页）作家之一，代表作为《俄狄浦斯王》。——译者注

出的代价，并与之相对。有阳光就会有阴影，我们必须认识黑夜。荒谬的人说“好”，然后便会不停地努力。如果有属于个人的命运，那么便不存在更高层次的命运，或者至少只有一种命运被他认为是不可避免而又可鄙的。对其余而言，他则自知是自己生活的主人。就在人回看自己生活的微妙时刻，也就是西西弗斯又回到石头那去的时候，在那微不足道的转折处，他会思索其命运中那一系列毫无关联的行动，由自己施行，在记忆中组合，由他的死亡封存。因此，他相信有关人性的一切完全源自人性，如渴望光明并且知道黑暗无边的盲人，仍然在前进。石头还在滚动。

我把西西弗斯留在山脚！人们总会一次又一次地找回自己的负担。西西弗斯告诫我们，还有更高的忠实，它可以否定神灵，举起巨石。他最终也发现，一切安好。从此，这个没有主人的宇宙在他看来，既不贫瘠，也非无用。那块石头的每一颗微粒，那座夜色笼罩的山上的每一片矿石，本身都是一个世界。迈向高处的挣扎足够填充一个人的心灵。人们应当想象西西弗斯是快乐的。

➻ 附录　卡夫卡作品中的希望与荒谬

卡夫卡的全部艺术所在就是强迫读者重读。其作品的结尾，或作品结尾的缺失，反映的是一种阐释意义，但是没有用清楚明白的语言揭示出来，反而需要读者从另一个视角重读故事，直至意义得到证实。有时对作品的阐释可能会有两种结果，所以有必要进行二次阅读，这便是作者想要的，但是如果对卡夫卡作品中的所有东西都细致入微地进行解读，也不合适。象征总是普遍意义上的，不论其翻译多么精准，艺术家也只能还原它动作的含义：不存在字对字的翻译。况且，没有比象征作品更难理解的东西了。一种象征往往超越了运用这种象征的人，使他实际所说多于他有意识要表达的。从这一点来说，把握这种象征的最可靠办法就是不要去激发意象，不要抱着一种先入为主的态度开始这项任务，不要去找寻藏匿的暗流。特别是对于卡夫卡而言，遵循他的规则，通过外部因素看戏剧冲突，通过形式读他的小说，是说得过去的。

对于漫不经心的读者来说，乍看，它们都是些让人不安的历险，人物在颤抖中坚韧不拔，探索着自己从不明确的问题。在《审判》中，约瑟夫·K被指控了，但他不知道因何罪名。他无疑极想为自己辩护，但还是不知道为什么。律师觉得他的案子很难办，在此期间他也不忘吃饭、读报、恋爱。然后他被审判了，但法庭很黑暗。他有很多不理解，只知道自己被判有罪，但是是什么罪他也不去想。有时他会对这事产生一些怀疑，但还是继续活着。没过多久，两个穿着考究的绅士模样的警官找到他，请他和他们走一趟。他们非常客气地把他引到一个废弃的郊外，将他的头搁在一块石头上，割破了他的喉咙。死前这个有罪之人只是说了一句："像条狗。"

你可以看到，在一个最明显的特征恰好是自然性的故事里，很难扯上象征。自然性是很难理解的一种范畴，有些作品中的事件对读者而言是自然的，而在其他（当然很少）作品中，对角色而言，他认为发生在自己身上的事是自然的。有一个奇怪但是很明显的悖论，角色的经历越不同寻常，故事的自然性就越显著：一个人的生活是怪异的，而他则简简单单地接受了这种生活，两者之间存在着不一致，而我们由这种不一致感受到的分歧决定了这种自然性。似乎这种自然性就是卡夫卡式的，而人们也非常了解《审判》的意思是什么。人们已经论及人类状况的一种形象，这是毋庸置疑的，但这让问题既简单又复杂起来。我是指小说的意义更加为卡夫卡个人所专有。从某种程度上看，拥有发言权的是他，尽管他承认说是我们在发言。他在生活，他被判有罪。从小说的前几页中，他就认识到了这一点，那是他在这个世界上的追求，然而一旦他力求应付这一点，他丝毫不惊奇自己能够做到。对自己缺乏惊诧之情，他永远也不会表现出诧异。荒谬作品的初始迹象正是通过这些矛盾被辨认出来。思想会把自己的精神悲剧投射到具体的事物上，而该做法凭借的只是一种永久性的悖论，这种悖论为色彩赋予了表达虚无的能力，为日常行为赋予了传达永恒企望的力量。

同样，《城堡》或许是某种行动上的神学，但首先它是一个个体的历险，一种心灵的历险，一种人的历险，那心灵追求优雅，那人向世界客体追问他们高贵的秘密，向女人们诘问沉睡在她们心中的诸神的信息。自然，《变形记》进而代表了一种清醒的道德准则的可怕意象，而这种结果的出现同样是由于人们在意识到自己不费吹灰之力便表现出的兽性时，会感到惊愕不已。在这种基本的晦涩中便掩藏着卡夫卡的秘诀。这些永久性的振动——从自然到特别，从个体到普遍，从悲剧到平庸，从荒谬到逻辑，贯穿于他的作品，赋予它共鸣与意义。必须一一列举这些悖论，强化这些矛盾，方能理解荒谬的作品。

实际上，一种象征表现了两个平面，思想与感觉的两种世界，以及包含他们之间一致性的词典。这一词典是最难拟定的，然而意识到这两个面对面的世界就相当于找到了其诀窍之间关系的踪迹。在卡夫卡那里，这两个世界一方是日常生活的世界，另一方是超自然渴望的世界。[1]似乎在这里我们见证了尼采的话被没完没了地利用："重大问题比比皆是。"

人的生活状况（而且这是所有文学作品的共性）中不仅有一种不可替代的高贵，还有一种基本的荒谬性，两者巧遇，天然成趣。我重申，人类精神中的非人性部分与肉体的短暂快乐之间产生了荒唐的分裂，而在这种分裂中两者都得到了突显。荒谬的是，产生这种分裂的应该是属于这个身体的心灵，而它不加节制地超越了这身体。任何想表现这种荒谬性的人都必须在一系列相似的对比中赋予其生命，所以卡夫卡用平庸来表达悲剧，用逻辑来表达荒谬。

演员对一个悲剧角色投入的精力越多，他就越会小心翼翼不去夸大。如果他的表现有节制，那么他激起的恐惧就会没有节制。在这一方面，希腊悲剧让人受益匪浅。在一部悲剧作品中，命运往往在逻辑性与自然性的伪装下得到更好的突显。俄狄浦

---

1. 值得注意的是，卡夫卡的作品可以从一种社会批评的角度去非常合理地解读（如《审判》），而且极有可能没有选择的必要，两种解读都不错。从荒谬层面来看，我们前面已提到，对人的反抗针对的同样是上帝：伟大的革命总是形而上的。

斯的悲剧提前就得到昭示。他会实施谋杀与乱伦，这是冥冥之中就已经确定的。戏剧完全致力于表现这种逻辑体系，这种体系会通过一步步的推理最终让主人公的不幸达到顶点。仅仅告知我们这种不寻常的命运几乎没什么恐怖可言，因为那是不可能发生的事，但是如果其发生的必然性是通过由日常生活、社会、状态、熟悉的情感构成的体系展示给我们的，那么恐惧就变得神圣起来。使人产生动摇的反抗逼迫人说“那是不可能的”，而在这种反抗中有一种让人感到绝望的确定性元素，而这种确定性可能就是“那一点”。

这便是希腊悲剧的全部奥秘，或者至少是其奥秘的一个方面，因为还有一种相反的方式可以帮助我们更好地理解卡夫卡。人心有一种不良倾向，只把让它崩溃的东西称为命运。但是快乐同样也是不需要理由的，它会以自己的方式出现，因为它是不可避免的，然而，现代人一旦意识到了这一点，他就会把功劳都归到自己身上。相反，关于希腊悲剧的特殊命运，以及那些被传奇故事所钟爱的人物，有很多值得大书特书的内容。这些处在最困难处境的人，如尤利西斯[1]，脱离了自我。要返回伊萨卡岛[2]并没有那么容易。

无论如何一定不能忘了将逻辑、平庸与悲剧联系到一起的秘密同谋。这便是为何《变形记》的主人公，有着怪异经历的萨姆沙是一个推销员。这也是为什么他在变成一只虫子后，唯一困扰的是，老板会对他的缺勤而生气。他身上长出了多条腿和触角，脊椎拱起，肚子上出现了白点——我不能说这不令他惊讶，因为那样的话艺术效果会变质——这给他造成了“一丝烦恼”。卡夫卡的全部艺术所在就是这种特色。在其核心之作《城堡》中，平庸生活的细节突显出来，但在这部没有终结而一切又重新开始的怪诞小说中，表现出的是一种追求优雅的灵魂所必经的历险。在每一个属于伟大创造者的小伎俩中，同样可以找到那种问题到行动的转化，那种一般与特殊的重合。在《审判》中，主人公或许该取名为史密特或弗兰兹·卡夫卡，可是他却被叫作约瑟夫·K。他不是卡夫卡，可他又是卡夫卡。他是一个普通的欧洲人，同所有其他人一样，但他同

---

1. 古希腊史诗《奥德赛》中的英雄。——译者注

2. 希腊西部爱奥尼亚海中群岛之一，是尤利西斯的故乡。——译者注

样是一个实体的K，是这一有血有肉的等式中的未知数。

同样，如果卡夫卡想表达荒谬的话，他可以运用一致性。你一定知道那个疯子在浴缸钓鱼的故事。一个精神病治疗医师问他“鱼有没有上钩”，他得到了毫不客气的回答：“当然没有，你个傻瓜，这是浴缸。”这是一个具有巴罗克风格的故事，但是从故事中可以非常清晰地体会到这种荒谬的影响在多大程度上与一种过度的逻辑相联系。卡夫卡的世界事实上是一种难以描绘的宇宙，人们在其中恣意享受这种在浴缸钓鱼的折磨人的奢华，明知自己会一无所获。

因此我看到的是一个有着荒谬原则的作品。例如，就《审判》而言，我的确可以说这是一次完全的胜利。肉体胜出，什么也不缺失：不缺少那种未明确表达的反抗（但这显示在文字之中），不缺少清醒而沉默的绝望（但这显示在创造之中），也不缺少小说人物直至最后死亡还在展示的那种令人惊叹的自由态度。

这个世界并没有它看起来那么封闭。在这个停滞不前的宇宙，卡夫卡将引入一种特殊形式的希望。从这一点上说，《审判》与《城堡》没有遵循同样的方向，它们之间是相互补充的关系。这种由此及彼的前进，代表了逃避领域中一种巨大的征服，很难被察觉。《审判》提出一个问题，《城堡》从某种程度上解决这一问题。前者按照一种类科学的方法描述，没有作结论；后者从一定程度上说，采用了解释的方式。《审判》作诊断，《城堡》设想了一种治疗方法，但这里提出的补救办法不会治愈病情，只是把这种病又带回到正常生活中，使人们从某种意义上（我们可以想见克尔凯郭尔）对之加以珍视。土地测量员 K 除了折磨自己的焦虑外，无法想象还有其他焦虑。他四周那些人依附于那种虚无的无名之痛，似乎痛苦显现出一种特权面貌。弗丽达对 K 说："自从认识了你，当你不在的时候，我是多么地需要你，我感到那么的孤独。"这种巧妙的补救办法让我们去爱摧毁自己的东西，使希望从一个没有出口的世界一跃而起，这一突然的"跨跃"让一切都改变了，而这便是这场存在主义革命与《城堡》本身的奥秘。

很少有作品能在其发展中比《城堡》还要严密。被任命为城堡土地测量员的 K 到了村子里，可是从村子到城堡，要沟通是很难的。在数百页的描写中，K 坚持搜寻自己的道路，不断前进，运用花招与各种权宜之计，从不愠怒，试图带着一种令人不安的善意来承担托付给自己的责任。每一章都有一种新的障碍，也是一个新的开始，它不是一种逻辑的方法，却是连贯的。这种连贯性的范围便构成了作品的悲剧特征。当 K 打电话给城堡时，他听到的是困惑而混杂的声音，模糊不清的笑声，从远方传来的诱惑。这足以满足他的愿望，正如那些出现在夏日天空中的若干迹象，或是那些夜晚的期盼一样，它们是我们生活下去的理由。这里我们发现了为卡夫卡所独有的忧郁的奥秘。实际上，在普鲁斯特的作品或者普罗提诺[1]的领域中，也能发现同样的东西：对一种失去的天堂的怀恋。奥尔加说："巴纳巴斯早上跟我说他要去城堡时，我很伤心，那很可能是徒劳的旅程，没有希望，还浪费时间。"卡夫卡把他整个作品的赌注都压在这一暗示性的表达上——"很可能"，然而于事无补，这里对永久性的追求是小心翼翼的。卡夫卡的人物，那些被激发起的机械人，

1. 普罗提诺（约 205—270），罗马新柏拉图派哲学家。——译者注

为我们提供了一种精确形象，即当我们被剥夺了自己的消遣[1]并被完全移交给神圣的耻辱时所具有的形象。

在《城堡》中，那种对平庸的屈从成了一种道德准则。K 非常希望城堡能接收他，由于无法独自达成这一愿望，他便竭尽全力想成为这个村子的居民，丢掉大家对他的陌生感，以此赢得那种特权。他想要的是一份职业，一个家，一个健康的正常人应有的生活。他再也忍受不了这种疯癫，他想变得理性起来。他想摆脱那种奇特的诅咒，这种诅咒让他与这个村子形同陌路。有关弗丽达的插曲从这一点上说是有意义的。倘若他让这个认识一名城堡官员的女人做自己的情妇，那是因为她的过去。他从她身上得到一些超越自己的东西——同时他也知道是什么让她永远也配不上城堡。这会让人想起克尔凯郭尔对雷吉娜·奥尔森异常的爱情。在有些人身上，燃烧他们的永恒之火足够他们烧毁离自己最近

1. 在《城堡》中，似乎帕斯卡式的“消遣”是由把 K 从他的焦虑中“分离”出来的助手来表现的。如果弗丽达最终成了其中一个助手的情妇，那是因为她更喜欢现实中的舞台，那可以分享痛苦的平庸生活。

之人的心。把不是上帝的东西交给上帝这一致命的错误，同样是《城堡》中这一段插曲的主题，但是对于卡夫卡来说，这似乎算不上错误，而是一种教义，一种“跨跃”。没有什么东西不是上帝的。

更加意味深长的是，土地测量员和弗丽达分手这一事实，分手为的是走近巴纳巴斯的姐妹们，要知道巴纳巴斯家可是村子里唯一被城堡还有这个村子完全遗弃的。大女儿阿马利娅拒绝了一个城堡官员给她的可耻建议，而那随之而来的咒骂让她永远也得不到上帝的爱。不能为了上帝而失去自己的荣誉，就等于说不配得到上帝的恩慈。你会看出一个为存在哲学所熟悉的主题：与道德相反的真实，在这一点上还是有深远意义的。因为卡夫卡的主人公所追寻的——从弗丽达到巴纳巴斯的姐妹，正是从相信爱到崇拜荒谬的道路。在这里卡夫卡的思想又与克尔凯郭尔的相类似。“巴纳巴斯”的故事被安置在书的最后，这是不足为奇的。土地测量员的最后一次尝试是通过否定他的东西重新捕获上帝，是去辨识上帝，根据的不是我们美好与美丽的范畴，而是在他的冷漠、不公和仇恨中那空虚、可怕的方面之后。那个请求城堡接收自己的陌生人在行程的最后更加感到自己被放逐了，因为他没有忠于自己，抛弃了道义、逻辑以及思智上的真理，为的是进入上帝慈悲的荒漠，而他与生俱来的只是狂热的希望。[1]

“希望”这个词用在这里并不荒唐。相反，卡夫卡所描绘的状态越悲剧，希望就变得越坚定、越有攻击性。《审判》越表现出真实的荒谬，《城堡》表现出的慷慨激昂的“跨跃”就越动人，越不合情理，但是在这一种纯粹的状态中我们又发现了存在主义思想的悖论，正如人们对它的论述一样。例如，克尔凯郭尔说：“一定要扼杀掉世俗的希望；只有到那时人才能被真正的希望[2]所拯救。”这句话可以这么解释：“人要想了解《城堡》必先写作《审判》。”

诚然，论及卡夫卡的大部分人将他的作品定义为一种绝望的呼喊，不给人任何求助的希望，然而这话有待考量。他的作品中不止一种希望。在我看来，亨利·波尔多[3]乐观向上的作品独有一种

1. 显然这只适用于卡夫卡所留给我们的《城堡》的未完成版本，但让人疑惑的是，作者在最后几章可能破坏了其小说基调的一致性。

2. 心灵的纯粹。

3. 亨利·波尔多（1870—1963），法国作家，传统主义流派的代表人物之一，法兰西学院院士。——译者注

沮丧，这是因为他的作品毫无值得品鉴之处，相反，马尔罗[1]的作品总是让人感到神清气爽，但关于两部作品共同的希望与绝望都没有疑义。我只发现，荒谬的作品本身就能导致我想要避免的不忠。这种作品只是一种无果状态的无效亘复，是对短暂生命的冷静赞美，在此成了幻想的摇篮。它作解释，它赋予希望以形状。创造者再也无法将自己置身事外，它并非昔日的那个悲剧游戏，而是赋予作者的生命以意义。

奇怪的是，不管怎样，卡夫卡也好，克尔恺郭尔也好，甚至是舍斯托夫——简言之这些都是存在主义的小说家和哲学家，都旨在揭示荒谬及其后果，他们那有着相关启发性的作品从长远来看，应该会激起那声对希望的嘹亮的呼唤。

他们拥抱这位吞噬自己的上帝。希望正是通过谦卑才借机进入，因为这种存在的荒谬性向他们确保了一种更加超自然的现实。倘若这种生活轨迹最终引向上帝，那么毕竟还是有一种结果的。而克尔凯郭尔、舍斯托夫和卡夫卡的主人公们在行程中的

1. 安德烈・马尔罗（1901—1976），法国小说家、评论家。——译者注

坚持不懈与锲而不舍，为那种确定性所带来的振奋人心的力量提供了一种特殊保证。[1]

卡夫卡拒绝将自己道德上的高贵、清晰、美德与连贯性托付于自己的神，只想更好地落入其怀抱。荒谬被认可与接受，人要顺从于它，但从那时起我们知道它已不再是荒谬了。在人类状态的范围内，还有比容许从这种状态中逃脱更伟大的希望吗？正如我再次所见，存在主义思想在这方面（且对立于现下观点）如置身于浩瀚希望之海的一叶扁舟。正是这种早期基督教的希望和信息的传播点燃了旧世界。然而在塑造了一切存在主义思想特征的跨跃中，在那种坚持中，在对一种没有表象的神明的调查中，怎能看不到那否定自身的清醒之标志呢？人们仅仅把这称之为骄傲，为了自我救赎而可放弃的骄傲。这样一种否定应是成果颇丰的，但这改变不了那一事实。在我眼里，清醒的道德标准同所有骄傲一样，不会因被称作无效而降低，要知道，一种真理在其定义下也是无效的。一切事实皆如此。在一个万物既定、无所解释的世界，一种价值或超自然的多产

1.《城堡》中唯一不怀希望的人物是阿马利娅，土地测量员与她形成最强烈的对比。

性，是一种没有实义的概念。

无论如何，于此你可以了解卡夫卡的作品遵循了何种思想传统。把从《审判》到《城堡》的发展看作不可避免，这是明智的。约瑟夫·K 和土地测量员 K 只是吸引卡夫卡的两极。[1] 用他的话说就是，其作品很有可能并不荒谬，但这不应成为我们发现其高贵性与普遍性的阻碍。它们的出现得益于这一事实，即他极其充分地表现了从希望到忧伤，从绝望的智慧到有意的盲目这种平庸的过程。他的作品具有普遍性（一种真正荒谬的作品不具有普遍性），它表现了人受情感触动的面容；这种人逃避人性，从自己的诸多矛盾中得到信仰的理由，并在丰富的绝望中发现希望之光，把生活当作为准备死亡而进行的恐怖练习。这具有普遍性，因为其灵感具有宗教性质。像一切宗教一样，信仰它的人不会感到自己生命的重量。如果我知道这一点，如果我甚至可以赞赏它，我同样也能知道我追寻的不是普遍性的东西，而是真实的东西。两者完全不可能共存。

---

1. 有关卡夫卡思想的两个层面可比较《南方杂志》（以及美国的《党派评论》）出版的《在流放地》中的："（人类的）罪行是毋庸置疑的。"以及《城堡》中的片段："土地测量员 K 的罪行很难成立。"

如果我说，真正无望的思想碰巧是由相反的标准界定的，悲剧作品或许描写的是一个乐天派的生活，其所有未来的希望都被放逐了，或许那一特殊的观点会更好理解。生活越是有波澜，想失去它的想法就越荒谬。这或许是在尼采作品中所感觉到的那种高傲的乏味之奥秘。在这种联系中，尼采似乎是从荒谬中得出一种美学的极端后果的唯一艺术家，因为他传递给我们的最后信息就是一种贫瘠而具有征服性的冷静，以及一种对任何形而上慰藉的坚决否定。

尽管如此，以上足以突出卡夫卡在本书结构中的重要地位，我们在此涉及了人类思想的局限。从这个词最广泛的意义上看，可以说其作品没有一处是不必要的。不管怎样，它全面提出了荒谬问题。假如有人想将这些结论与我们之前的论述作对比，将内容与形式作对比，将《城堡》的隐秘含义与塑造它的自然艺术作对比，将 K 充满激情与自豪感的追求与它发生的平庸背景作对比，那么人们就会意识到它的伟大所在了。如果怀旧是人类的标志，或许没有人会赋予这些悔恨的幽灵以这种热血与空间。同时人们也会感知到这种荒谬作品需要什么独特的高贵，或许在这里是找不到的。如果艺术的本质就是联结普通与特殊，联结一滴水的短暂永恒与其光彩的闪烁，那么通过他所展现的这两种世界间的距离来判断这位荒谬作家的伟大性，将变得更加合理。他的诀窍就是找到两种世界在最不相称之时的相遇点。

老实说，心底纯净的人到处都能发现这种人性与非人性交汇的几何轨迹。如果说浮士德与堂吉诃德是杰出的艺术创作，那是因为他们用自己世俗的双手为我们指出了那些不可计量的高贵性。可是头脑对他们双手触及的事实会加以否定，这一刻终会到来。这一刻来了，创造便不再被当作悲剧看待，只是被严肃地对待。那时的人是有希望的，但这不是他要做的事，他要做的是远离欺骗。而这正是我在卡夫卡对整个宇宙发出的强烈诉求之末所发现的。他的令人难以置信的裁决是：在这个丑陋而搅乱人心的世界里，即使鼹鼠也敢奢谈希望。[1]

---

1. 以上所述显然是对卡夫卡作品的一种解读，然而除解读外，只有说明没有什么可以阻挠人们从一种纯美学视角去思考它，才是合理的。比如，B. 格罗图森在他给《审判》所作的精彩的序中，就只限于阐述他所谓的空想家（这种说法极为引人注目）的种种痛苦幻想，他比我们要明智得多。小说描述了一切，又什么也没有肯定，这是命运，或许也是该作品的伟大之处。